经典散文

诗选

JING DIAN SAN WEN

SHI XUAN

吉狄马加 主编

李少君 执行主编

人民文学出版社

图书在版编目(CIP)数据

经典散文诗选/吉狄马加主编.—北京:人民文学出版社,2020
ISBN 978-7-02-015337-4

Ⅰ.①经… Ⅱ.①吉… Ⅲ.①散文诗—诗集—中国—现代②散文诗—诗集—中国—当代 Ⅳ.①I226.6

中国版本图书馆CIP数据核字(2019)第110685号

责任编辑 刘 伟 陈 悦
装帧设计 陶 雷
责任印制 王重艺

出版发行 人民文学出版社
社 址 北京市朝内大街166号
邮政编码 100705
网 址 http://www.rw-cn.com

印 刷 三河市鑫金马印装有限公司
经 销 全国新华书店等

字 数 194千字
开 本 680毫米×960毫米 1/16
印 张 17.25 插页3
印 数 1—6000
版 次 2020年1月北京第1版
印 次 2020年1月第1次印刷

书 号 978-7-02-015337-4
定 价 58.00元

序

吉狄马加

中国是一个诗歌大国。从先秦到当代，从《诗经》到现代新诗，历经三千余年，各类诗歌异彩纷呈，浩如烟海。

极富生命力的中国诗歌是中国文学的精髓。纵观中国历代诗坛，群星璀璨，诗人辈出。那些流传千百年而传诵不衰的名篇佳作，更是灿若群星，数不胜数。

爱上中国诗歌的人们，一定会越来越深切地体会到，中国诗歌文化博大精深。尤其是在文学作品的朗诵活动中，人们朗诵得最多的当然是诗歌。

为适应全民阅读和广大诗歌爱好者开展朗诵活动的需要，我们以百年新诗为选编对象，精心编选了两本“朗诵诗选”，一本是《经典朗诵诗选》；另一本是《经典散文诗选》。两本篇目累计，正好是新时代的“诗三百”。

为什么把朗诵目标锁定在诗歌？因为诗歌饱含炽热的情感、鲜明的节奏、悦耳动听的音韵，言简意丰的诗意，直接形成诗歌的好读与好记；因而，千百年来，诗歌是最适合朗诵的文学样式，文学样式中诗歌经典最多。唐诗宋词，为什么传之久远？与它是精品有关，与它自身呈现的特点更相关。

当然，唐诗宋词，传至今天而不衰，还与人们的代代口耳相传有关，与好的诗词选本成为优质传播源更有关。如《唐诗三百首》《宋词三百首》等选本，自诞生以来，无数个版本，无数次印制，对唐诗和宋词的广泛传播，功莫大焉。

在编选过程中，中国作家协会、《诗刊》社和人民文学出版社的编选者参考了百余种中国现当代诗歌书籍。为了有别于其他同类图书，编者反复斟酌编选标准，力求呈现两个特点：一是入选诗篇必须是诗意浓郁、寓意深刻、形象鲜明、好读好记的作品，具体到每一首都要求内容健康，语言优美，朗朗上口，易于朗诵。二是入选诗篇必须是名篇佳作。对《经典散文诗选》每篇都作了阅读与朗诵提示，由张贤明撰写，旨在帮助朗诵者正确理解作品。要说明的是，提示文字只是点到为止，更多的诗境诗意要让朗诵者自己去品味。

由于时间仓促，编选者视野有限，不当之处在所难免，敬请广大读者指正。我们再版时将及时订正。

2019年1月31日

目　录

雪

鲁　迅

暖国的雨,向来没有变过冰冷的坚硬的灿烂的雪花。博识的人们觉得他单调,他自己也以为不幸否耶?江南的雪,可是滋润美艳之至了;那是还在隐约着的青春的消息,是极壮健的处子的皮肤。雪野中有血红的宝珠山茶,白中隐青的单瓣梅花,深黄的磬口的蜡梅花;雪下面还有冷绿的杂草。蝴蝶确乎没有;蜜蜂是否来采山茶花和梅花的蜜,我可记不真切了。但我的眼前仿佛看见冬花开在雪野中,有许多蜜蜂们忙碌地飞着,也听得他们嗡嗡地闹着。

孩子们呵着冻得通红,像紫芽姜一般的小手,七八个一齐来塑雪罗汉。因为不成功,谁的父亲也来帮忙了。罗汉就塑得比孩子们高得多,虽然不过是上小下大的一堆,终于分不清是壶卢还是罗汉;然而很洁白,很明艳,以自身的滋润相粘结,整个地闪闪地生光。孩子们用龙眼核给他做眼珠,又从谁的母亲的脂粉奁中偷得胭脂来涂在嘴唇上。这回确是一个大阿罗汉了。他也就目光灼灼地嘴唇通红地坐在雪地里。

第二天还有几个孩子来访问他;对了他拍手,点头,嘻笑。但他终于独自坐着了。晴天又来消释他的皮肤,寒夜又使他结一层冰,化作不透明的水晶模样；连续的晴天又使他成为不知道算什么，而嘴上的胭脂也褪尽了。

但是，朔方的雪花在纷飞之后，却永远如粉，如沙，他们决不粘连，撒在屋上，地上，枯草上，就是这样。屋上的雪是早已就有消化了的，因为屋里居人的火的温热。别的，在晴天之下，旋风忽来，便蓬勃地奋飞，在日光中灿灿地生光，如包藏火焰的大雾，旋转而且升腾，弥漫太空；使太空旋转而且升腾地闪烁。

在无边的旷野上，在凛冽的天宇下，闪闪地旋转升腾着的是雨的精魂……

是的，那是孤独的雪，是死掉的雨，是雨的精魂。

一九二五年一月十八日

阅读提示：本篇散文诗选自《野草》，人民文学出版社1973年版。作者通过描写“江南的雪”的“滋润美艳”，“朔方的雪”的“自由、奋飞”和“旋转、升腾”，寄寓着诗作者独有的情怀，表达了作者对美好事物的挚爱。文中用较多的篇幅白描式描写南方的雪被化妆成“雪罗汉”，表达出作者对南方的真情向往。而描写北方的雪则是抒发了作者要像北方的雪一样，通过奋斗来争取自由的情怀。通篇抒发了作者对理想境界的向往和追求，展现的是清新明丽的抒情色调。全篇极富诗意地运用了象征手法，朗诵时要注意诗意化朗读。

立　论

鲁　迅

我梦见自己正在小学校的讲堂上预备作文，向老师请教立论的方法。

“难！”老师从眼镜圈外斜射出眼光来，看着我，说。“我告诉你一件事——

“一家人家生了一个男孩，合家高兴透顶了。满月的时候，抱出来给客人看，——大概自然是想得一点好兆头。

“一个说：‘这孩子将来要发财的。’他于是得到一番感谢。

“一个说：‘这孩子将来是要死的。’他于是得到一顿大家合力的痛打。

“说要死的必然，说富贵的许谎。但说谎的得好报，说必然的遭打。你……”

“我愿意既不说谎，也不遭打。那么，老师，我得怎么说呢？”

“那么，你得说：‘啊呀！这孩子呵！您瞧！那么……。阿唷！哈哈！Hehe！he，he he he he！’”

一九二五年七月八日

阅读提示：本篇散文诗选自《野草》，人民文学出版社1973年版。作者通过写梦中的学生向先生请教怎样立论的故事，揭露了现实生活中“说谎的得好报，说必然的遭打”以及由此造成人们圆滑敷衍、明哲保身、回避矛盾的市侩习气的社会现象，寓意深远地透视了国民性和深层的思想文化问题，字里行间饱含着强烈的讽刺。朗诵时要注意本篇散文诗的对话体特点，以讲故事的语调朗诵。

三　弦

沈尹默

中午时候，火一样的太阳，没法去遮拦，让他直晒着长街上。静悄悄少人行路，只有悠悠风来，吹动路旁杨树。

谁家破大门里，半院子绿茸茸细草，都浮着闪闪的金光。旁边有一段低低土墙，挡住了个弹三弦的人，却不能隔断那三弦鼓荡的声浪。

门外坐着一个穿破衣裳的老年人，双手抱着头，他不声不响。

阅读提示：本篇散文诗选自1918年《新青年》第5卷第2号。作者通过对听三弦的“老年人”速写式的描摹，表达了一种人道主义的感叹和对底层民众的同情。全篇将中国北方古老城镇的衰败描画得极为传神。篇中依次清晰地表现了画面中的远景、中景和近景。通过描画远景（长街）牵引读者的视觉，描画中景（院子）打动读者的听觉，描画近景（老年人）搅动读者的感觉。全篇采用旧体诗词的表现手法，采用双声叠韵来构成音节的和谐，造成有韵味的抑扬顿挫的音乐效果。朗诵时要注意追求“有韵味”的听觉效果。

画　梦

周作人

我是怯弱的人,常感到人间的悲哀与惊恐。

严寒的早晨,在小胡同里走着,遇见一个十四五岁的小姑娘,充血的脸庞隐过了自然的红晕,黑眼睛里还留着处女的光辉,但是正如冰里的花片,过于清寒了,——这悲哀的景象已经几乎近于神圣了。

胡同口外站着候座的车夫,粗麻布似的手巾从头上包到下颔,灰尘的脸的中间,两只眼现出不测的深渊,仿佛又是冷灰底下的炭火,看不见地逼人,我的心似乎炙的寒颤了。

我曾试我的力量,却还不能把院子里的蓖麻连根拔起。

我在山上叫喊,却只有返响回来,告诉我的声音的可痛地微弱。

我往何处去祈求呢?只有未知之人与未知之神了。

要去信托未知之人与未知之神,我的信心却又太薄弱一点了。

一九二三年一月三日

阅读提示:本篇散文诗选自《过去的生命》,北新书局1929年版。作者刻画了“我”“小姑娘”“车夫”三个不同的人物形象,“小姑娘”如“冰里的花片”,“车夫”如“冷灰底下的炭火”,这两个比喻特写式勾勒出晚清时期挣扎在底层的平民百姓生活,他们生计上的苦楚呈现出灰暗冰冷的画面。《画梦》实际上表达的是现实生活的悲伤。

艰难的国运与雄健的国民

李大钊

历史的道路,不全是平坦的,有时走到艰难险阻的境界,这是全靠雄健的精神才能够冲过去的。

一条浩浩荡荡的长江大河,有时流到很宽阔的境界,平原无际,一泻万里。有时流到很逼狭的境界,两岸丛山叠岭,绝壁断崖,江河流于其间,曲折回环,极其险峻。民族生命的进程,其经历亦复如是。

人类在历史上的生活正如旅行一样。旅途上的征人所经过的地方,有时是坦荡平原,有时是崎岖险路。老于旅途的人,走到平坦的地方,固是高高兴兴地向前走,走到崎岖的境界,愈是奇趣横生,觉得在此奇绝壮绝的境界,愈能感到一种冒险的美趣。

中华民族现在所逢的史路,是一段崎岖险阻的道路。在这一段道路上,实在亦有一种奇绝壮绝的景致,使我们经过这段道路的人,感到一种壮美的趣味。但这种壮美的趣味,没有雄健的精神是不能够感觉到的。

我们的扬子江、黄河,可以代表我们的民族的精神,扬子江及黄河遇见沙漠、遇见山峡都是浩浩荡荡地往前流过去,以成其浊流滚滚、一泻万里的魄势。目前艰难的境界,哪能阻抑我们民族生命的前进?我们应该拿出雄健的精神，高唱着进行的曲调，在这悲壮歌声中，走过这崎岖险阻的道路。要知在艰难的国运中建造国家，亦是人生最有趣味的事……

阅读提示：本篇散文诗选自1923年12月20日《新民国》第1卷第2号。作者把人生路上遇到的崎岖和民族发展遇到的艰难看作显示人们雄健精神的特殊境界，以大河奔流比喻民族生命的进程，以崎岖险路比喻中华民族所逢的历史之路，赞美在艰难困苦中百折不挠的民族精神，并以此号召“在艰难的国运中建造国家”，抒发中华必兴、革命必胜的信心。全篇运用象征、比喻等手法，形象地说明历史发展的必然规律。文字短小隽永，诗意盎然。朗诵时注意体会作者强烈的爱国情怀，注意国运的艰难和国民雄健的对比；把握好说理句的逻辑重音，从而把语句的抒情和气势读出来。

雨

刘半农

妈！我今天要睡了——要靠着我的妈早些睡了。听！后面草地上，更没有半点声音；是我的小朋友们，都靠着他们的妈早些去睡了。

听！后面草地上，更没有半点声音；只是墨也似的黑！只是墨也似的黑！怕啊！野狗野猫在远远地叫，可不要来啊！只是那叮叮咚咚的雨，为什么还在那里叮叮咚咚的响？

妈！我要睡了！那不怕野狗野猫的雨，还在墨黑的草地上，叮叮咚咚的响。它为什么不回去呢？它为什么不靠着它的妈，早些睡呢？

妈！你为什么笑？你说它没有家么？——昨天不下雨的时候，草地上全是月光，它到哪里去了呢？你说它没有妈妈么？——不是你前天说，天上的黑云，便是它的妈么？

妈！我要睡了！你就关上了窗，不要让雨来打湿我们的床。你就把我的小雨衣借给雨，不要让雨打湿了雨的衣裳。

一九二〇年八月六日　伦敦

阅读提示：本篇散文诗选自《扬鞭集》，北新书局1926年版。作者以睡意浓浓的孩子的听觉、视觉及心理活动，通过孩子的口吻，写孩子心中的世界，童真童心尽显，童趣盎然。作者在诗文前记下了两行序诗性质的说明文字："这全是小蕙的话，我不过替她做个速记，替她连串一下便了。"可见，本篇是童言的真实记录。朗诵时注意运用儿童的口吻，体现童真童趣。

鹭　鸶

郭沫若

鹭鸶是一首精巧的诗。

色素的配合，身段的大小，一切都很适宜。

白鹤太大而嫌生硬，即如粉红的朱鹭或灰色的苍鹭，也觉得大了一些，而且太不寻常了。

然而鹭鸶却因为它的常见，而被人忘却了它的美。

那雪白的蓑毛，那全身的流线型结构，那铁色的长喙，那青色的脚，增之一分则嫌长，减之一分则嫌短，素之一忽则嫌白，黛之一忽则嫌黑。

在清水田里，时有一只两只鹭鸶站着钓鱼，整个的田便成了一幅嵌在琉璃框里的画面。田的大小好像是有心人为鹭鸶设计出的镜匣。

晴天的清晨，每每看见它孤独的站立在小树的绝顶，看来像是不安稳，而它却很悠然。这是别的鸟很难表现的一种嗜好。人们说它在望哨，可它真是在望哨吗？

黄昏的空中，偶见鹭鸶的低飞，更是乡居生活中的一种恩惠。那是清澄的形象化，而且具有了生命了。

或许有人会感着美中的不足，鹭鸶不会唱歌。但是鹭鸶的本身不就是一首很优美的歌吗？——不，歌未免太铿锵了。

鹭鸶实在是一首诗，一首韵在骨子里的散文的诗。

一九四二年十月三十一日

阅读提示：本篇散文诗选自1943年2月《文艺生活》第3期第4卷。作者通过对鹭鸶的外形、行踪以及在自然中的情趣描写，准确表达了诗人对鹭鸶的喜爱和赞扬之情。虽只300多字，但写作手法多样，技巧娴熟。一是运用比喻、排比等修辞手法增强了语言的形象性；二是静态描写、动态描写和动静结合的比较描写运用得恰到好处，使得描写对象鹭鸶栩栩如生，如在眼前。朗诵时注意恰当运用语调、语速，用声音描摹出鹭鸶的美。

银　杏

郭沫若

银杏，我思念你，我不知道你为什么又叫公孙树。但一般人叫你是白果，那是容易了解的。

我知道，你的特征并不专在乎你有这和杏相仿佛的果实，核皮是纯白如银，核仁是富于营养——这不用说已经就足以为你的特征了。

但一般人并不知道你是有花植物中最古的先进，你的花粉和胚珠具有着动物般的性态，你是完全由人力保存了下来的奇珍。

自然界中已经是不能有你的存在了，但你依然挺立着，在太空中高唱着人间胜利的凯歌。

你这东方的圣者，你这中国人文的有生命的纪念塔，你是只有中国才有呀，一般人似乎也并不知道。

我到过日本，日本也有你，但你分明是日本的华侨，你侨居在日本大约已有中国的文化侨居在日本的那样久远了吧。

你是真应该称为中国的国树的呀，我是喜欢你，我特别的喜欢你。

但也并不是因为你是中国的特产，我才特别的喜欢，是因为你美，你真，你善。

你的株干是多么的端直，你的枝条是多么的蓬勃，你那折扇形的叶片是多么的青翠，多么的莹洁，多么的精巧呀！

在暑天你为多少的庙宇戴上了巍峨的云冠，你也为多少的劳苦人撑出了清凉的华盖。

梧桐虽有你的端直而没有你的坚牢；

白杨虽有你的葱茏而没有你的庄重。

熏风会媚妩你，群鸟时来为你欢歌；上帝百神——假如是有上帝百神，我相信每当皓月流空，他们会在你脚下来聚会。

秋天到来，蝴蝶已经死了的时候，你的碧叶要翻成金黄，而且又会飞出满园的蝴蝶。

你不是一位巧妙的魔术师吗？但你丝毫也没有令人掩鼻的那种江湖气息。

当你那解脱了一切，你那槎桠的枝干挺撑在太空中的时候，你对于寒风霜雪毫不避易。

那是多么的嶙峋而又洒脱呀，恐怕自有佛法以来再也不曾产生过像你这样的高僧。

你没有丝毫依阿取容的姿态，但你也并不荒伧；你的美德像音乐一样洋溢八荒，但你也并不骄傲；你的名讳似乎就是"超然"，你超在乎一切的草木之上，你超在乎一切之上，但你并不隐遁。

你的果实不是可以滋养人，你的本质不是坚实的器材，就是你的落叶不也是绝好的引火的燃料吗？

可是我真有点奇怪了：奇怪的是中国人似乎大家都忘记了你，而且忘记得很久远，似乎是从古以来。

我在中国的经典中找不出你的名字，我很少看到中国的诗人咏赞你的诗，也很少看到中国的画家描写你的画。

这究竟是怎么一回事呀,你是随中国文化以俱来的亘古的证人,你不也是以为奇怪吗?

银杏,中国人是忘记了你呀,大家虽然都在吃你的白果,都喜欢吃你的白果。但的确是忘记了你呀。

世间上也尽有不辨菽麦的人,但把你忘记得这样普遍,这样久远的例子,从来也不曾有过。

真的啦,陪都不是首善之区吗?但我就很少看见你的影子。为什么遍街都是洋槐,满园都是幽加里树呢?

我是怎样的思念你呀,银杏!我可希望你不要把中国忘记吧。

这事情是有点危险的,我怕你一不高兴,会从中国的地面上隐遁下去。

在中国的领空中会永远听不着你赞美生命的欢歌。

银杏,我真希望呀,希望中国人单为能更多吃你的白果,总有能更加爱慕你的一天。

一九四二年五月二十三日

阅读提示:本篇选自1942年5月29日重庆《新华日报》。和茅盾的《白杨礼赞》一样,这也是一篇咏树寄志的篇章。从结构看,全篇可分三个部分。第一部分意在说明银杏是“中国的国树”。第二部分进一步歌颂银杏美、真、善的高尚品德。第三部分描写人们对银杏的遗忘。全篇以象征的手法,借银杏赋予中华民族自古以来永葆傲然独立、自强不息、从不屈服的精神风貌。全篇以诗情画意的笔触讴歌了银杏的“美”“真”“善”,赞美银杏是“东方的圣者”,“中国人文的有生命的纪念塔”,鞭挞了国民党媚外忘本和苟且偷安。朗诵时要以热情洋溢、明朗洗练的语调准确表达诗人的激情和诗意。

落花生

许地山

我们屋后有半亩隙地。母亲说："让它荒芜着怪可惜，既然你们那么爱吃花生，就辟来做花生园吧。"我们几姊弟和几个小丫头都很喜欢——买种的买种，动土的动土，灌园的灌园；过不了几个月，居然收获了！

妈妈说："今晚我们可以做一个收获节，也请你们爹爹来尝尝我们的新花生，如何？"我们都答应了。母亲把花生做成好几样的食品，还吩咐这节期要在园里的茅亭举行。

那晚上的天色不太好，可是爹爹也到来，实在很难得！爹爹说："你们爱吃花生吗？"

我们都争着答应："爱！"

"谁能把花生的好处说出来？"

姊姊说："花生的气味很美。"

哥哥说："花生可以制油。"

我说："无论何等人都可用贱价买它来吃；都喜欢吃它。这就是它的好处。"

爹爹说："花生的用处固然很多；但有一样是很可贵的。这小小的豆不像那好看的苹果、桃子、石榴，把它们的果实悬在枝上，鲜红嫩绿的颜色，令人一望而发生羡慕的心。它只把果子埋在地底，等到成熟，才容人把它挖出来。你们偶然看见一棵花生瑟缩地长在地上，不能立刻辨出它有没有果实，非得等到你接触它才能知道。”

我们都说：“是的。”母亲也点点头。爹爹接下去说：“所以你们要像花生，因为它是有用的，不是伟大、好看的东西。”我说：“那么，人要做有用的人，不要做伟大、体面的人了。”爹爹说：“这是我对于你们的希望。”

我们谈到夜阑才散，所有花生食品虽然没有了，然而父亲的话现在还印在我心版上。

阅读提示：本篇散文诗选自1922年8月10日《小说月报》第13卷第8号。作者真实地记录了小时候参加一次家庭活动并从中受到的教育。通过谈论花生的好处，借物喻人，托物言志，揭示了花生不事张扬、不图虚名、默默奉献的品格。全篇行文按照“种花生——收花生——吃花生——议花生”的顺序来写，主要运用对话来写人记事，通过家人的闲谈表达一种朴素的思想，寄托了作者“要做有用的人，不要做伟大、体面的人”的朴实而珍贵的志向，表达了作者不为名利，只求有益于社会的人生理想和价值观。全篇在抒情式记叙中，散发出生活的清新，有着田园诗般的意境。朗读时注意对话人的身份、不同的人用不同的说话语调。父亲的语调宜迟缓沉着。孩子的语调宜活泼、快捷。同时，注意对话间的停顿。

秋天的况味

林语堂

秋天的黄昏，一人独坐在沙发上抽烟，看烟头白灰之下露出红光，微微透露出暖气，心头的情绪便跟着那蓝烟缭绕而上，一样的轻松，一样的自由。不转眼，缭烟变成缕缕的细丝，慢慢不见了，而那霎时，心上的情绪也跟着消沉于大千世界，所以也不讲那时的情绪，而只讲那时的情绪的况味。待要再划一根洋火，再点起那已点过三四次的雪茄，却因白灰已积得太多而点不着，乃轻轻一弹，烟灰静悄悄的落在铜炉上，其静寂如同我此时用毛笔写在中纸上一样，一点的声息也没有。于是再点起来，一口一口的吞云吐雾，香气扑鼻，宛如偎红倚翠温香在抱的情调。于是想到烟，想到这烟一股温煦的热气，想到室中缭绕暗淡的烟霞，想到秋天的意味。

这时才忆起，向来诗文上秋的含义，并不是这样的，使人联想的是肃杀，是凄凉，是秋扇，是红叶，是荒林，是萋草。然而秋确有另一意味，没有春天的阳气勃勃，也没有夏天的炎烈迫人，也不像冬天之全入于枯槁凋零。我所爱的是秋林古气磅礴气象。有人以老气横秋骂人，可见是不懂得秋林古色之滋味。在四时中，我于秋是有偏爱的，所以不妨说说。

秋是代表成熟,对于春天之明媚娇艳,夏日之茂密浓深,都是过来人,不足为奇了。所以其色淡,叶多黄,有古色苍茏之慨,不单以葱翠争荣了。这是我所谓秋天的意味。大概我所爱的不是晚秋,是初秋,那时暄气初消,月正圆,蟹正肥,桂花皎洁,也未陷入凛冽萧瑟气态,这是最值得赏乐的,那时的温和,如我烟上的红灰,只是一股熏热的温香罢了。或如文人已排脱下笔惊人的格调,而渐趋纯熟练达,宏毅坚实,其文读来有深长意味。这就是庄子所谓“正得秋而万宝成”结实的意义。在人生上最享乐的就是这一类的事。比如酒以醇以老为佳。烟也有和烈之辨。雪茄之佳者,远胜于香烟,因其味较和。倘是烧得得法,慢慢的吸完一支,看那红光炙发,有无穷的意味。鸦片吾不知,然看见人在烟灯上烧,听那微微毕剥的声音,也觉得有一种诗意。

大概凡是古老,纯熟,熏黄,熟练的事物,都使我得到同样的愉快。如一只熏黑的陶锅在烘炉上用慢火炖猪肉时所发出的锅中徐吟的声调,是使我感到同观人烧大烟一样的兴味。或如一本用过二十年而尚未破烂的字典,或是一张用了半世的书桌,或如看见街上一块熏黑了老气横秋的招牌,或是看见书法大家苍劲雄浑的笔迹,都令人有相同的快乐。

人生世上如岁月之有四时,必须要经过这纯熟时期,如女人发育健全遭遇安顺的,亦必有一时徐娘半老的风韵,为二八佳人所不及者。使我最佩服的是邓肯的佳句:“世人只会吟咏春天与恋爱,真无道理。须知秋天的景色,更华丽,更恢奇,而秋天的快乐有万倍的雄壮、惊奇、都丽。我真可怜那些妇女识见偏狭,使她们错过爱之秋天的宏大的赠赐。”若邓肯者,可谓识趣之人。

写于一九四一年一月

阅读提示：本篇选自《我的话·行素集》。名为写秋，实为抒写作者热爱和陶醉人生的“初秋”。篇中既没有秋天景色的具体描绘，更没有一些大道理的借题发挥，而是作者个人的精神漫游，初读感觉茫然，仔细品味，实在是作者在闲适的心境中欣赏了秋天。全篇行文舒缓，似娓娓道来，不急不慢，笔调幽默，给人以亲切、闲适感，显示了作者达观清淡的人生态度。文似看山不喜平，荡开笔墨、欲扬先抑的写作方法，增强了全篇文字的吸引力。朗诵时要体会作者侃侃而谈的行文风格。

常州天宁寺闻礼忏声

徐志摩

有如在火一般可爱的阳光里，偃卧在长梗的，杂乱的丛草里，听初夏第一声的鹧鸪，从天边直响入云中，从云中又回响到天边；

有如在月夜的沙漠里，月光温柔的手指，轻轻的抚摩着一颗颗热伤了的砂砾，在鹅绒般软滑的热带的空气里，听一个骆驼的铃声，轻灵的，轻灵的，在远处响着，近了，近了，又远了……

有如在一个荒凉的山谷里，大胆的黄昏星，独自临照着阳光死去了的宇宙，野草与野树默默的祈祷着。听一个瞎子，手扶着一个幼童，铛的一响算命锣，在这黑沉沉的世界里回响着；

有如在大海里的一块礁石上，浪涛像猛虎般的狂扑着，天空紧紧的绷着黑云的厚幕，听大海向那威吓着的风暴，低声的，柔声的，忏悔它一切的罪恶；

有如在喜马拉雅的顶巅，听天外的风，追赶着天外的云的急步声，在无数雪亮的山壑间回响着；

有如在生命的舞台的幕背，听空虚的笑声，失望与痛苦的呼答声，残杀与淫暴的狂欢声，厌世与自杀的高歌声，在生命的舞台上合奏着；

我听着了天宁寺的礼忏声!

这是哪里来的神明?人间再没有这样的境界!

这鼓一声,钟一声,磬一声,木鱼一声,佛号一声……

乐音在大殿里,迂缓的,漫长的回荡着,无数冲突的波流谐合了,无数相反的色彩净化了,无数现世的高低消灭了……

这一声佛号,一声钟,一声鼓,一声木鱼,一声磬,谐音磅礴在宇宙间——解开一小颗时间的埃尘,收束了无量数世纪的因果;

这是哪里来的大和谐——星海里的光彩,大千世界的音籁,真生命的洪流:止息了一切的动,一切的扰攘;

在天地的尽头,在金漆的殿椽间,在佛像的眉宇间,在我的衣袖里,在耳鬓边,在官感里,在心灵里,在梦里,……

在梦里,这一瞥间的显示,青天,白水,绿草,慈母温软的胸怀,是故乡吗?是故乡吗?

光明的翅羽,在无极中飞舞!

大圆觉底里流出的欢喜,在伟大的,庄严的,寂灭的,无疆的,和谐的静定中实现了!

颂美呀,涅槃!赞美呀,涅槃!

阅读提示：本篇散文诗选自《志摩的诗》，新月书店1932年版。这是一首远离尘世、超凡脱俗的散文诗作。立身常州天宁寺的浪漫诗人受其氛围的感染，将佛事活动写得如佛界一般轻灵空逸，透露出哲学意境的禅意。前半部分并排的六个比喻，想象奇瑰，描写具体细腻，为读者展开了一个广袤的、冲突的、包罗万象的世界，因而形成了独特的艺术氛围。后半部分由动而静，由外入内，最终进入心的澄明和瞬间感悟。与之相对应，睿智而沉静的诗人运用散文展开细节与诗的排比复沓抒情相融合的表现手法，恰到好处地表现崇高和有神秘意味的经验与感受，值得反复吟读，反复品味。朗诵时要注意体会篇中恣意汪洋的文采与情感，不但要沉浸于其中，更要准确地通过朗诵表达出来。

白杨礼赞

茅　盾

白杨树实在不是平凡的，我赞美白杨树！

当汽车在望不到边际的高原上奔驰，扑入你的视野的，是黄绿错综的一条大毯子；黄的，那是土，未开垦的处女土，几百万年前由伟大的自然力所堆积成功的黄土高原的外壳；绿的呢，是人类劳力战胜自然的成果，是麦田，和风吹送，翻起了一轮一轮的绿波——这时你会真心佩服昔人所造的两个字“麦浪”，若不是妙手偶得，便确是经过锤炼的语言的精华。黄与绿主宰着，无边无垠，坦荡如砥，这时如果不是宛若并肩的远山的连峰提醒了你（这些山峰凭你的肉眼来判断，就知道是在你脚底下的），你会忘记了汽车是在高原上行驶，这时你涌起来的感想也许是“雄壮”，也许是“伟大”，诸如此类的形容词，然而同时你的眼睛也许觉得有点倦怠，你对当前的“雄壮”或“伟大”闭了眼，而另一种味儿在你心头潜滋暗长了——“单调”！可不是，单调，有一点儿罢？

然而刹那间，要是你猛抬眼看见了前面远远地有一排，——不，或者甚至只是三五株，一二株，傲然地耸立，像哨兵似的树木的话，那你的恹恹欲睡的情绪又将如何？我那时是惊奇地叫了一声的！

那就是白杨树，西北极普通的一种树，然而实在不是平凡的一种树！

那是力争上游的一种树，笔直的干，笔直的枝。它的干呢，通常是丈把高，像是加以人工似的，一丈以内，绝无旁枝；它所有的丫枝呢，一律向上，而且紧紧靠拢，也像是加以人工似的，成为一束，绝无横斜逸出；它的宽大的叶子也是片片向上，几乎没有斜生的，更不用说倒垂了；它的皮，光滑而有银色的晕圈，微微泛出淡青色。这是虽在北方的风雪的压迫下却保持着倔强挺立的一种树！哪怕只有碗来粗细罢，它却努力向上发展，高到丈许，二丈，参天耸立，不折不挠，对抗着西北风。

这就是白杨树，西北极普通的一种树，然而决不是平凡的树！

它没有婆娑的姿态，没有屈曲盘旋的虬枝，也许你要说它不美丽，——如果美是专指"婆娑"或"横斜逸出"之类而言，那么白杨树算不得树中的好女子；但是它却是伟岸，正直，朴质，严肃，也不缺乏温和，更不用提它的坚强不屈与挺拔，它是树中的伟丈夫！当你在积雪初融的高原上走过，看见平坦的大地上傲然挺立这么一株或一排白杨树，难道你觉得树只是树，难道你就不想到它的朴质，严肃，坚强不屈，至少也象征了北方的农民；难道你竟一点也不联想到，在敌后的广大土地上，到处有坚强不屈，就像这白杨树一样傲然挺立的守卫他们家乡的哨兵！难道你又不更远一点想到这样枝枝叶叶靠紧团结，力求上进的白杨树，宛然象征了今天在华北平原纵横决荡用血写出新中国历史的那种精神和意志。

白杨不是平凡的树。它在西北极普遍，不被人重视，就跟北方农民相似；它有极强的生命力，磨折不了，压迫不倒，也跟北方的农民相似。我赞美白杨树，就因为它不但象征了北方的农民，尤其象征了今天我们民族解放斗争中所不可缺的朴质，坚强，以及力求上进的精神。

让那些看不起民众，贱视民众，顽固的倒退的人们去赞美那贵族化的楠木（那也是直干秀颀的），去鄙视这极常见，极易生长的白杨罢，但是我要高声赞美白杨树！

一九四一年三月

阅读提示：本篇散文诗选自1941年3月10日《文艺阵地》月刊第6卷第3期。作品诞生于二十世纪的艰苦抗战年代。全篇以西北高原上傲然耸立、挺拔向上的白杨树为题材，运用象征手法，托物言志，意味深长地讴歌了处在危难时期的我国广大民众顽强生存，坚定朴实，力求向上的精神。赞美抗战中的广大军民是民族的脊梁、国家的希望，抒发了作者的崇敬之情。作者运用烘托、铺垫、排比、反问、欲扬先抑等手法，细致描写白杨树的“伟岸”“朴质”“严肃”“坚强不屈”和“挺拔”的外形特征，反复咏赞白杨树不平凡，由树及人、由形及神地讴歌了北方抗日军民的斗争精神。朗诵时一定要注意饱含深情。

月夜在青州西门上

顾　随

夜间十二点钟左右,我登在青州城西门上;也没有鸡叫,也没有狗咬;西南方那些山,好像是睡在月光里;城内的屋宇,浸在月光里更看不见一星灯亮。

天上牛乳一般的月光,城下琴瑟一般的流水,中间的我,听水看月,我的肉体和精神都溶解在月光水声里。

月里水里都有我么?我不知道。

然而我里面却装满了水声和月光,月亮和流水也未必知道。

侧着耳朵听水,抬起头来看月,我心此时水一样的清,月一样的亮。

渐渐的听不见流水,渐渐的看不见月光,渐渐的忘记了我。

天使在天上,用神圣的眼光,看见肉体的我,块然立在西城门上,在流水声中,和明月光里。

一九二〇年十二月九日

阅读提示:本篇散文诗选自《顾随随笔:诗书生活》,北京大学出版社2008年版。作品篇幅极短小，文字极干净；精短的文字，像是溶解在青州夜晚的月光水声里，水一样的清；又像是散发在青州的夜空中，如同明月一样的亮，深夜一样的静。读后让人想起苏轼的《记承天寺夜游》，发现两者有异曲同工之妙。朗诵时要体会这种物我两忘、物我相融的意境。

秃的梧桐

苏雪林

“这株梧桐,怕再也难得活了!”

人们走过秃梧桐下,总这样惋惜地说。

这株梧桐,所生的地点,真有点奇怪,我们所住的房子,本来分做两下给两家住的,这株梧桐,恰恰长在屋前的正中,不偏不倚,可以说是两家的分界牌。

屋前的石阶,虽仅有其一,由屋前到园外的路却有两条——一家走一条,梧桐生在两路的中间,清荫分盖了两家的草场,夜里下雨,潇潇淅淅打在桐叶上的雨声,诗意也两家分享。

不幸园里蚂蚁过多,梧桐的枝干,为蚂所蚀,渐渐的不坚牢了。一夜雷雨,便将它的上半截劈折,只剩下一根二丈多高的树身,立在那里,亭亭有如青玉。

春天到来,树身上居然透出许多绿叶,团团附着树端,看去好像是一棵棕榈树。

谁说这株梧桐,不会再活呢?它现在长了新叶,或者更会长出新枝,不久定可以恢复从前的美荫了。

一阵风过,叶儿又被劈下来。拾起一看,叶蒂已啮断了三分之二,又是蚂蚁干的好事，哦，可恶！

但勇敢的梧桐，并不因此挫了它求生的志气。

蚂蚁又来了，风又起了，好容易长得掌大的叶儿又飘去了。但它不管，仍然萌新的芽，吐新的叶，整整的忙了一个春天，又整整的忙了一个夏天。

秋来，老柏和香橙还沉郁的绿着，别的树却都憔悴了。年近古稀的老榆，护定它青青的叶，似老年人想保存半生辛苦贮蓄的家私，但哪禁得西风如败子，日夕在它耳畔絮聒？现在它的叶儿已去得差不多，园中减了葱茏的绿意，却也添了蔚蓝的天光。爬在榆干上的薜荔，也大为喜悦，上面没有遮蔽，可以让它们酣饮风霜了。它们脸儿醉得枫叶般红，陶然自足，不管垂老破家的榆树，在它们头顶上瑟瑟地悲叹。

大理菊东倒西倾，还挣扎着在荒草里开出红艳的花。牵牛的蔓，早枯萎了，但还开花呢，可是比从前纤小。冷冷凉露中，泛满浅紫嫩红的小花，更觉娇美可怜。还有从前种麝香连理花和凤仙花的地里，有时也见几朵残花。秋风里，时时有玉钱蝴蝶，翩翩飞来，停在花上，好半天不动，幽情凄恋。它要僵了，它愿意僵在花儿的冷香里！

这时候，园里另外一株桐树，叶儿已飞去大半，秃的梧桐，自然更是一无所有，只有亭亭如青玉的树干，兀立在惨淡斜阳中。

“这株梧桐，怕再也不得活了！”

人们走过秃梧桐下，总是这样惋惜似的说。

但是，我知道明年还有春天要来。

明年春天仍有蚂蚁和风呢！

但是，我知道有落在土里的桐子。

阅读提示：本篇散文诗寓理于树木花草。篇中以“秃梧桐”为描写对象，抓住秃梧桐的三奇：生长的位置奇、秃得奇、再生方式奇；奏响了自然界万木争荣的变奏曲，讴歌了梧桐树宁死不屈、百折不挠的精神气质，表现了作者对生命的热爱之情，寄托了作者对于人生的深刻体验和感悟。全篇运用托物言志的写作方法和拟人、比喻等修辞手法，极力描写梧桐濒临枯死的状态以及恶劣的环境；赋予梧桐以顽强的意志和强大的生命力，揭示出人生并不总是一帆风顺，应该时刻准备好面对一切困难与挫折，坚定必胜的信念和顽强的毅力。全篇行文似娓娓道来，又充满诗情画意，朗诵时需要体会作品的韵味和作者的匠心，保持新奇和淡淡道出的语气。

匆　匆

朱自清

燕子去了，有再来的时候；杨柳枯了，有再青的时候；桃花谢了，有再开的时候。但是，聪明的，你告诉我，我们的日子为什么一去不复返呢？——是有人偷了他们罢：那是谁？又藏在何处呢？是他们自己逃走了罢：现在又到了哪里呢？

我不知道他们给了我多少日子；但我的手确乎是渐渐空虚了。在默默里算着，八千多日子已经从我手中溜去；像针尖上一滴水滴在大海里，我的日子滴在时间的流里，没有声音，也没有影子。我不禁头涔涔而泪潸潸了。

去的尽管去了，来的尽管来着；去来的中间，又怎样地匆匆呢？早上我起来的时候，小屋里射进两三方斜斜的太阳。太阳他有脚啊，轻轻悄悄地挪移了；我也茫茫然跟着旋转。于是——洗手的时候，日子从水盆里过去；吃饭的时候，日子从饭碗里过去；默默时，便从凝然的双眼前过去。我觉察他去的匆匆了，伸出手遮挽时，他又从遮挽着的手边过去，天黑时，我躺在床上，他便伶伶俐俐地从我身上跨过，从我脚边飞去了。等我睁开眼和太阳再见，这算又溜走了一日。我掩着面叹息。但是新来的日子的影儿又开始在叹息里闪过了。

在逃去如飞的日子里，在千门万户的世界里的我能做些什么呢？只有徘徊罢了，只有匆匆罢了；在八千多日的匆匆里，除徘徊外，又剩些什么呢？过去的日子如轻烟，被微风吹散了，如薄雾，被初阳蒸融了；我留着些什么痕迹呢？我何曾留着像游丝样的痕迹呢？我赤裸裸来到这世界，转眼间也将赤裸裸的回去罢？但不能平的，为什么偏要白白走这一遭啊？

你聪明的，告诉我，我们的日子为什么一去不复返呢？

一九二二年三月二十八日

阅读提示：本篇散文诗选自《踪迹》，上海亚东图书馆，1924年版。散文诗中抒写了作者慨叹时光易逝，时常彷徨惆怅的一种心境，抒发了有志者要珍惜时间，投身事业的情怀。全篇虽然写的是日常生活情景，但作者展开想象，恰当运用比喻、拟人等修辞手法，将抽象的时间物化为一个个具体可感的形象画面，因而通篇给读者以强烈的情绪感染。让人清醒地意识到：时间如流水，一去不复返，但必须珍惜时间。朗诵时要注意体会最后两自然段的多处设问，朗诵的语调要表达出作者不甘虚度年华的心情。

春

朱自清

盼望着，盼望着，东风来了，春天的脚步近了。

一切都像刚睡醒的样子，欣欣然张开了眼。山朗润起来了，水涨起来了，太阳的脸红起来了。

小草偷偷地从土里钻出来，嫩嫩的，绿绿的。园子里，田野里，瞧去，一大片一大片满是的。坐着，躺着，打两个滚，踢几脚球，赛几趟跑，捉几回迷藏。风轻悄悄的，草软绵绵的。

桃树、杏树、梨树，你不让我，我不让你，都开满了花赶趟儿。红的像火，粉的像霞，白的像雪。花里带着甜味儿，闭了眼，树上仿佛已经满是桃儿、杏儿、梨儿。花下成千成百的蜜蜂嗡嗡地闹着，大小的蝴蝶飞来飞去。野花遍地是：杂样儿，有名字的，没名字的，散在花丛里，像眼睛，像星星，还眨呀眨的。

"吹面不寒杨柳风"，不错的，像母亲的手抚摸着你。风里带来些新翻的泥土的气息，混着青草味儿，还有各种花的香，都在微微润湿的空气里酝酿。鸟儿将巢安在繁花嫩叶当中，高兴起来了，呼朋引伴地卖弄清脆的喉咙，唱出宛转的曲子，跟轻风流水应和着。牛背上牧童的短笛，这时候也成天在嘹亮地响着。

雨是最寻常的，一下就是三两天。可别恼。看，像牛毛，像花针，像细丝，密密地斜织着，人家屋顶上全笼着一层薄烟。树叶儿却绿得发亮，小草也青得逼你的眼。傍晚时候，上灯了，一点点黄晕的光，烘托出一片这安静而和平的夜。在乡下，小路上，石桥边，有撑起伞慢慢走着的人；还有地里工作的农民，披着蓑戴着笠。他们的草屋，稀稀疏疏的，在雨里静默着。

天上风筝渐渐多了，地上孩子也多了。城里乡下，家家户户，老老小小，也赶趟儿似的，一个个都出来了。舒活舒活筋骨，抖擞抖擞精神，各做各的一份儿事去，“一年之计在于春”；刚起头儿，有的是工夫，有的是希望。

春天像刚落地的娃娃，从头到脚都是新的，它生长着。

春天像小姑娘，花枝招展的，笑着，走着。

春天像健壮的青年，有铁一般的胳膊和腰脚，他领着我们上前去。

作于一九三三年七月

阅读提示：本篇散文诗选自《朱自清全集》第四卷，江苏教育出版社1990年版。这是一曲春天的赞歌，作者饱含深情地赞美正在到来的春天万物生机勃发，新美如画。全篇围绕一个“春”字，先拟人化地总写“盼春”；接着分写“寻春”：依次描写春草、春花、春风、春雨以及人们迎春时的喜悦情景；最后写“赞春”：赞美春天以自身的活力给人信心，给人力量。全篇结构严谨，拟人首尾呼应，比喻颇具匠心。朗诵时要仔细体会作者写作时的喜悦心情，语调要透着喜庆，让听众坚定起在春天的引领下“上前去”的人生信念。

红海上的一幕

孙福熙

太阳做完了竟日普照的事业，在万物送别他的时候，他还显出十分的壮丽。他披上红袍，光耀万丈，云霞布阵，换起与主将一色的制服，听候号令。尽天所覆的大圆镜上，鼓起微波，远近同一节奏的轻舞，以歌颂他的功德，以惋惜他的离去。

景物忽然变动了，云霞移转，歌舞紧急，我战战兢兢的凝视，看宇宙间将有何种变化。太阳骤然躲入一块紫云后面了。海面失色，立即转为幽暗，彩云惊惧，屏足不敢喘息。金线万条，透射云际，使人领受最后的恩惠，然而他又出来了。他之藏匿是欲缓和人们在他去后的相思的。

我俯首看自己，见是照得满身光彩。正在欣幸而惭愧，回头看见我的背影，从船上投射海中，眼光跟了他过去，在无尽远处，窥见紫帏后的圆月，岂敢信他是我的影迎来的！

天生丽质，羞见人世，他启幕轻步而上；四顾静寂，不禁迟回。海如青绒的地毯，依微风的韵调而抑扬吟咏。薄霭是紫绢的背景，衬托皎月，愈显风姿。青云侍侧，桃花覆顶，在这时候，他预备他灵感一切的事业了。

我渐渐的仰头上去，看红云渐淡而渐青，经过天中，沿弧线而下，青天渐淡而渐红，太阳就在这红云的中间。月与日正在船的左右，而我们是向正南进行——海行九天以来，至现在始辨方向。

我很勇壮，因为我饱餐一切色彩；我很清醒，因为我畅饮一切光辉。我为我的朋友们喜悦：他们所属望的我在这富有壮丽与优秀的大宇宙中了！

面上的一点日影渐与太阳的圆球相接而相合，迎之而去了，太阳不想留恋，谁也不能挽留；空虚的舞台上唯留光明的小云，在可羡的布景前闪烁，听满场的鼓掌。

月亮是何等的圆润啊，远胜珠玉，他已高升，而且已远比初出时明亮了。他照临我，投射我的影子到无尽远处，追上太阳。月光是太阳的返照，然而他自有风格，绝不与太阳同德性。凉风经过他的旁边，裙钗摇曳，而他的目光愈是清澈了。他柔抚万物，以灵魂分给他们，使各各自然的知道填入诗句，合奏他新成的曲调。此时唯有皎洁，唯有凉爽，从气中，从水上，缥缈宇内。这是安慰，这是休息。这样的直到太阳再来时，再开始大家的工作。

阅读提示：本篇散文诗表达了作者对大自然的热爱以及积极向上的精神状态。全篇以绘画手法描摹了太阳下山、明月初升时的景象：将要落山的太阳是“红袍”加身，光彩照人；遮住了日、月的云是“紫云”“紫帏”；而阳光是“金线万条”；皎月升起前的场面是“青云侍侧”“桃花覆顶”。这些使得全篇极具画面感。另外，拟人手法的运用，如写云遮落日是“太阳骤然躲入”；写月华初上是“启幕轻步而上”；写月光普照是“柔抚万物”，这无疑增强了文章的生动性。朗诵时要注意通过诗意朗读，给读者营造一个亲切自然、令人愉悦的审美画面。

向光明走去

郑振铎

谁都喜爱光明的。虽然也许有些人和动物常要躲在黑暗之中，以便实行他们的阴险计划的，但那是贼，是恶人，是鸱，是蝙蝠，是狐。凡是人，是正直的人或物，总是喜爱光明，总是要向光明走去的。

黑漆漆的夜，独自走在路上，一点的星光，月光，灯光都没有，我们心里真有些怕。夏天的暴雨之前，天都乌黑了，无论孩子大人，心里也总多少有些凛凛然的，好像天空要有什么异样的变动。山寺的幽斋中，接连的落了几天的雨，天空是那样的灰暗，谁都要感到些凄楚之意。

但是太阳终于来了。接着夜而来的是白昼，接着暴雨而来的是晴光，接着灰暗之天空的是蔚蓝色的天空。那时，不知不觉的会有一阵慰安快乐的感觉，渗入每个人的心里，会有一种勇往活泼的精神，笼罩在每个人的脸上。

在黑暗中走着的人，在夏雨中的人，在灰暗的天空之下的人，总要相信光明的必定到来。因为继于夜之后的一定是白昼。夜来了，白昼必定不远的。继于阴雨之后的，一定是阳光之天。雨来了，太阳必定是已躲在雨云之后的。

那些只相信有阴雨之天，只相信有夜的人，且让他们去。我们是相信着白昼，相信着阳光之必定到来的。

现在，我们是什么样的时代呢？我猜一定不会错，每个人一听到这句问话，都必定要皱着眉头，在心里叹着气答道："黑暗时代！"

是的，是的，现在是黑暗时代。

政治上，社会上，国际上，家庭上，有多少浓厚的阴影罩着！且不必多说，这许多。许多黑暗的事实，一时也诉说不尽。

但是"光明"已躲在这些"黑暗"之后了！我们要相信光明一定会到来。我们不仅相信，我们还要迎着光明走去！譬如黑夜独行，坐在路旁等天亮，那是很可羞；如果惧怕黑夜而躲进小岩洞或小屋之内，那更是可耻。

我们相信光明必定会到来，我们迎上去，我们向着他走去！

在黑夜里，踽踽的走着，到了天亮时，我们走到目的地了，那是多么快慰的事呀！

那些见黑暗而惧怕，而失望的，让他们永躲在黑暗里吧；那些只相信有黑暗而不相信有光明的，也让他们的生活于黑暗之洞里吧。我们如果是相信"光明"的，我们便要鼓足了勇气，不怖不懈，向着光明走去。

我们不彷徨，我们不回顾，人类是永续不断的一条线，人间社会是永续不断的努力的结果。我们虽住在黑暗之中，我们应努力在黑暗中进行，但也许我们自身，是见不到光明的。人类全体永续不断的向着光明走去，光明是终于会到来的。

走去，走去，向着光明走去。

光明终于是要到来的！

阅读提示：本篇散文诗选自《郑振铎文集》，人民文学出版社1963年版。作者以自然现象喻示社会原理，表达出作者追求真理、向往光明，并始终“向光明走去”的信念。文中虽然叹息当时是“黑暗时代”，但作者坚信“接着夜而来的是白昼，接着暴雨而来的是晴光，接着灰暗之天空的是蔚蓝色的天空”。并坚信黑暗、夏雨、灰暗只是一时的、短暂的，这是世间的自然现象和社会发展的客观规律。为此，作者运用类比和推理的手法，直面当时的社会黑暗现实，呼吁人们不能躲避起来等到天亮，而要张开双臂去迎接光明。全篇情绪激越，信心坚定，鼓舞人们冲破黎明前的黑暗，争取光明的到来，因而有很强的感染力。朗诵时要注意体会作者的这种一往无前的信念。

那个城

瞿秋白

沿着大路走向一个城，——一个小孩子赶赶紧紧地跑着。

那个城躺在地上，好大的建筑都横七竖八地互相枕藉着，仿佛呻吟，又像是挣扎。远远地看来，似乎他刚刚被火，——那血色的火苗还没熄灭，一切亭台楼阁砖石瓦砾都煅得煊红。

黑云的边际也像是着了火似的，灿烂的红点煊映着，那是深深的创痕。他放着热烈惨黯的烟苗，扫着将坏未坏的城角。那城呵——无限苦痛斗争，为幸福而斗争的地方——流着鲜红……鲜红的血。

小孩子走着；黄昏黯淡的时分，灰色的道旁，那些树影——沉沉的垂枝，一动不动覆着默然不语的大地：——只隐隐地听着蹬蹬的足音。

天上满布着云，星也看不见，丝毫物影都没有，深晚呵，又悲哀又沉寂。小孩子的足音是唯一的神秘的“动”。四围为什么这样静？——小孩子背后跟着就是无声的夜，披着黑氅，——愈看他愈远。

黄昏已经畏缩，赶紧拥抱一切城头塔顶，雁行的房屋，拥抱在自己的怀里。园圃，树木，烟突；一切一切都渐渐地黑，渐渐地消灭，始终镇压在夜之黑暗里。

他却默然地走着，漠然地看着那个城，脚步也不加快，孤寂，细小……可是似乎那个城却等待着他，他是必须的，人人所渴望的，就是青焰赤苗的火也都等着他。

夕阳——熄灭了。雉堞，塔影，都不见了。城小了些，矮了些，差不多更紧贴了那哑的大地。

城上喷着光华奇彩，在模模糊糊的雾里。现在他已经不像火烧着，血染着的了。——那些行列不整的房脊墙影，仿佛含着什么仙境，——可是还没建筑完全，好像是那为人类创造这伟大的城的人已经疲乏了，睡着了，失望了，抛弃了一切而去了，或者丧失了信仰——就此死了。

那个城呢——活着，热烈至于晕绝的希望着自己完成仙境，高入云霄，接近那光华的太阳。他渴望生活，美，善；而在他四围静默的农田里，奔流着潺湲的溪涧，垂覆在他之上的苍穹又渐渐地映着紫……暗，红的新光。

小孩子站住，掀掀眉，舒舒气，定定心心地，勇勇敢敢地向前看着；一会儿又走起来了，走得更快。

跟在他后面的夜，却低低的，像慈母似的向他说道："是时候了，小孩子，走罢！他们——等着呢……"

读高尔基后。一九二三年十一月十五日

阅读提示：本篇散文诗选自1923年11月24日《中国青年》第1集第6期。作者运用象征手法表达了一个革命者对于奋斗目标永葆顽强的信念和炽热的感情。篇中的那个"小孩子"，象征"那个城"的拯救者与建设者，因为这种力量还弱小，正如同小孩子。而那个城呢？联系十月革命，应该不难理解那也是一种象征。在孩子到来之前，苦难化身为“黑夜”；“那个城呢……他渴望生活，美，善；而在他四围静默的农田里，奔流着潺湲的溪涧，垂覆在他之上的苍穹又渐渐地映着紫……暗，红的新光。”这既是描述了人类生活的美丽图景，也喻示了新生活正诞生于旧的苦难，并由苦难走向辉煌。朗诵时要以讲故事的方式，帮助听众从心中耸立起“那个城”的红色意象。

清　贫

方志敏

我从事革命斗争,已经十余年了。在这长期的奋斗中,我一向是过着朴素的生活,从没有奢侈过。经手的款项,总在数百万元;但为革命而筹集的金钱,是一点一滴的用之于革命事业。这在国民党的伟人们看来,颇似奇迹,或认为夸张;而矜持不苟,舍己为公,却是每个共产党员具备的美德。所以,如果有人问我身边有没有一些积蓄。那我可以告诉你一桩趣事:

就在我被俘的那一天——一个最不幸的日子,有两个国民党军的兵士,在树林中发现了我,而且猜到我是什么人的时候,他们满肚子热望在我身上搜出一千或八百大洋,或者搜出一些金镯金戒指一类的东西,发个意外之财。哪知道从我上身摸到下身,从袄领捏到袜底,除了一只时表和一支自来水笔之外,一个铜板都没有搜出。他们于是激怒起来了,猜疑我是把钱藏到哪里,不肯拿出来。他们之中有一个左手拿着一个木柄榴弹,右手拉出榴弹中的引线,双脚拉开一步,做出要抛掷的姿势,用凶恶的眼光盯住我。威吓地吼道:

"赶快将钱拿出来,不然就是一个炸弹,把你炸死去!"

"哼!你不要做出那难看的样子来吧!我确实一个铜板都没有

存；想从我这里发洋财，是想错了。”我微笑淡淡地说。

“你骗谁！像你当大官的人会没有钱！”拿榴弹的兵士坚不相信。

“决不会没有钱的，一定是藏在哪里，我是老出门的，骗不得我。”另一个兵士一面说，一面弓着背重来一次将我的衣角裤裆过细的捏，总企望着有新的发现。

“你们要相信我的话，不要瞎忙吧！我不比你们国民党当官的，个个都有钱，我今天确实是一个铜板也没有，我们革命不是为着发财啦！”我再向他们解释。

等他们确知在我身上搜不出什么的时候，也就停手不搜了；又在我藏躲地方的周围，低头注目搜寻了一番，也毫无所得，他们是多么地失望呵！那个持榴弹欲放的兵士，也将拉着的引线，仍旧塞进榴弹的木柄里，转过来抢夺我的表和水笔。后彼此说定表和笔卖出钱来平分，才算无话。他们用怀疑而又惊异的目光，对我自上而下的望了几遍，就同声命令地说：“走吧！”

是不是还要问问我家里有没有一些财产？请等一下，让我想一想，啊，记起来了，有的有的，但不算多。去年暑天我所穿的几套旧的汗褂裤，与几双缝上底的线袜，已交给我的妻放在深山坞里保藏着——怕国民党军进攻时，被人抢了去，准备今年暑天拿出来再穿；那些就算是我唯一的财产了。但我说出那几件“传世宝”来，岂不要叫那些富翁们齿冷三天?!

清贫，洁白朴素的生活，正是我们革命者能够战胜许多困难的地方！

一九三五年五月二十六日　囚室

阅读提示：本篇作品选自《可爱的中国》，上海出版公司 1951 年 10 月手稿影印本。这是方志敏烈士在狱中写下的一篇关于革命者“矜持不苟，舍己为公”崇高品质的颂歌！全篇以清贫为线索连接全文，主旨突出，脉络清晰。作者自述了那天不幸被捕的经过，这是全篇的重心。在极富现场感的叙述中，真正共产党人的凛然正气和兵痞小人的贪婪猥琐跃然纸上，如在眼前。作者在面临生死选择，遭遇人生最大困难的时刻，不变的信念支撑着他。行文时多处巧妙运用对比手法，烘托诗文主旨，结尾用点睛之笔写道：“清贫，洁白朴素的生活，正是我们革命者能够战胜许多困难的地方！”赞颂了清贫的可贵和坚守清贫的深远意义。朗诵时要反复体会文中主旨，声情并茂地朗读这篇短文。

可爱的诗境

易家钺

多谢西风。

它把后院的桂花一齐吹放了,桐叶的零落与黄花的憔悴,是诗人的形容词。这里只有花的芬芳,水的澄清,天的庄严而纯洁,以及一切秋虫的歌唱。

我曾徘徊池边:我把清波当做镜子,照见了她嫣然一笔的朱颜,比什么花枝还美丽。那池中的游鱼,两三只,交头接耳地过去了;戏水的白鹅,清影在波中浮耀,红掌儿翻向青天,年轻的鱼儿羞躲了;绿衣仙女似的翠鸟儿,嘤然一声,仿佛报道晨妆才了;白鹭有时飞到堤边,静悄悄地站着,恰似一个披蓑衣的钓叟。

我曾小立断桥:天末彩霞,倒影池塘之中一片红光似火。我小立桥端,消磨了几度黯淡的黄昏,痴等新月的东升,惊醒了栖鸦之梦。垂杨倦了,桂花在隔院送香,黄橙添盖了颜色,青藤横撑了纤腰,天上的星儿摇摇欲坠。

我曾漫步登楼:郭外的风光,郊外的村庄,遍野的牛羊,浅水湖中,尚有残荷点点:不是残荷,仿佛是落花片片;莫不是荷花又重开了?哪里是秋天!树叶青青,有如青草之争妍;雁儿阵阵,有如夏云之飞翔;

苍烟渺渺，和着轻云袅袅，是谁在那儿嘘气如兰？望不断的天边，也许有蝶儿成双的飞舞，燕子裁衣。

在这些可爱的诗境中，平铺了一幅绝妙的图画，我与她，变成了画中的诗人，诗中的画家，变成了灿烂的流霞，变成了团圞的明月，变成了并蒂的山花。

阅读提示：本篇散文诗写秋景，却把“秋”写得十分的可爱。诗文中的“秋”竟没有半点的肃杀之气，有的是生机和情趣。“秋”完全活在作者为之营造的情诗的氛围里。难怪篇目题为“可爱的诗境”了。自古以来，那些代代相传的美文，大都是凡景语皆情语。联系文中“我与她，变成了画中的诗人，诗中的画家，变成了灿烂的流霞，变成了团圞的明月，变成了并蒂的山花”的点题，聪明的读者不约而同地懂得，这篇散文诗既是一篇对自然秋景的由衷赞歌，也是一首对真挚爱情的热情颂歌。全篇语言简洁，句式整齐，音韵和谐，有经典古文风范。朗诵时要注意体会作者追求的情韵，读出文中内在的情感与韵律。

新　柳

应修人

软风吹着，细雾罩着，浅草托着，碧流映着，——春色已上了柳梢了。

村外的小河边，抽出些又纤又弱的柳条儿，满沾着些又小又嫩的柳芽儿。

但是春寒还重着呢！柳呵！你这样地抽青，是为你底生命努力吗？还是要为给太阳底下的行人造成些伞盖吗？……

一九二〇年三月十九日，晓　慈溪

阅读提示：本篇散文诗选自《应修人潘漠华选集》，人民文学出版社1957年版。这是一首借景言志的散文诗。全诗围绕“新柳”写景抒情。一、二行诗句描写了新柳生长在软风、细雾、浅草、碧流陪伴的环境里，立足在“村外的小河边”。第三行诗句采用第二人称，改侧面描写为正面与柳对话，并且赞扬新柳的精神。到此“柳”这个意象，既成了春天的符号，又成了人格的化身，它象征着无私奉献的精神。排比、拟人等手法的运用，增强了形象的生动性和表现力。全诗很有画面感，朗诵时要注意采用带有童真童趣的语调朗诵。

山中杂感

冰　心

溶溶的水月,螭头上只有她和我,树影里对面水边,隐隐的听见水声和笑语。我们微微的谈着,恐怕惊醒了这浓睡的世界。——万籁无声,月光下只有深碧的池水,玲珑雪白的衣裳。这也只是无限之生中的一刹那顷！然而无限之生中,哪里容易得这样的一刹那顷!

夕照里,牛羊下山了,小蚁般缘走在青岩上。绿树丛巅的嫩黄叶子,也衬在红墙边。——这时节,万有都笼盖在寂寞里,可曾想到北京城里的新闻纸上,花花绿绿的都载的是什么事?

只有早晨的深谷中,可以和自然对语。计划定了,岩石点头,草花欢笑。造物者呵！我们星驰的前途,路站上,请你再遥遥的安置下几个早晨的深谷!

陡绝的岩上,树根盘结里,只有我俯视一切。——无限的宇宙里,人和物质的山,水,远村,云树,又如何比得起?然而人的思想可以超越到太空里去,它们却永远只在地面上。

一九二一年六月二十日　西山

阅读提示：本篇散文诗选自1921年6月25日《晨报》，是依据作者旅行所见记下的杂感。作者借“物质的山，水，远村，云树”与须臾的人生作对比，又因“人的思想可以超越到太空”，超越一切自然物，为自己能欣赏如此美景而兴奋。作者在感叹所见风景美不胜收的同时，感叹人生的须臾。朗诵时要注意准确体现作者这些复杂的思想感情，对那些表现复杂思想的语句要作为重音来读。

野　草

夏　衍

有这样一个故事。

有人问:世界上什么东西的气力最大?答案纷纭得很,有的说是“象”,有的说是“狮子”,有人开玩笑似的说:是“金刚”。金刚有多少气力,当然大家全不知道。

结果这一切答案完全不对,世界上气力最大的,是植物的种子。一粒种子可以显现出来的力,简直是超越一切的。

这儿又是一个故事。

人的头盖骨,结合得非常致密与坚固,生理学家和解剖学者用尽了一切的方法,要把它完整地分开来,都没有成功。后来有人想出了一个方法,就是把一些植物的种子放在要剖析的头盖骨里,给它以适当的温度和湿度,使种子发芽。一发芽,这些种子便以可怕的力量,将一切机械力所不能分开的骨骼,完整地分开了。植物种子的力量竟有这么大!

这,也许特殊了一点,常人不容易理解。那么,你看见笋的成长吗?你看见被压在瓦砾和石块下面的一棵小草的生成吗?它为着向往阳光,为着达成它的生之意志,不管上面的石块如何重,石块与石块之间的如何狭窄，它总要曲曲折折地、顽强不屈地挺出地面来。它的根往土里钻，它的芽往地面挺。这是一种不可抗的力，阻止它的石块终于被它掀翻。一粒种子的力量竟有这么大！

没有一个人将小草叫做“大力士”，但是它的力量的确谁都比不上。这种力是看不见的生命力。只要生命存在，这种力就要显现，上面的石块丝毫不能阻挡它。因为它是一种“长期抗战”的力，有弹性，能屈能伸的力，有韧性，不达目的不止的力。

一颗有生命力的种子，如果不落在肥土而落在瓦砾里，它决不会悲观，决不会叹气，因为它相信有了阻力才有磨炼。生命开始的一瞬间就带着斗志而来的草，才是坚韧的草，也只有这种草，才可以傲然地嗤笑那些养育在玻璃棚中的盆花。

阅读提示：本篇散文诗借助形象展示哲理，借野草籽的力来象征人的抗争精神，借歌颂野草的生命力揭示我国抗战时期处在危难处境下的民族精神，使野草的力与中华民族的顽强斗争精神融为一体，一语“长期抗战”蕴含双重含义。全篇通过对种子、野草和生命力的歌颂和肯定，表达了作者对民众力量的信赖与期待。而自问自答和列举事例的方式以及夹叙夹议的写作手法，使得通篇内容既生动又深刻。朗诵时的语调要符合作者娓娓道来的行文风格。

祖国山川颂

黄药眠

我爱祖国，也爱祖国大自然的风景。

我不仅爱祖国的山河大地，就是一草一木，一花一石，一砖一瓦，我也感到亲切，值得我留恋和爱抚。

不要去说什么俄罗斯的森林，英吉利的海，芬兰的湖泊，印度尼西亚的岛群了。咱们中国自有壮丽伟大的自然图景。

我们有头顶千年积雪的珠穆朗玛峰，有莽苍的黄土高原，有草树蒙密的西双版纳，有一望无际的华北平原，有一泻千里的黄河，有浩浩荡荡的扬子江，有兴安岭的原始森林，有海南的椰林碧海，有大西北的广阔无垠的青青牧场，还有说不尽的江湖沼泽……

我爱我们祖国的土地！狂风曾来扫荡过它，冰雹曾来打击过它，霜雪曾来封锁过它，大火曾来烧灼过它，暴雨曾来冲刷过它，帝国主义的炮弹也曾轰击过它。不过，尽管受了磨难，它还是默默地坚持着。一到春天，它又苏醒过来，满怀信心地展现出盎然的生机和万卉争荣的景象。

这是祖国大地对劳动者的回答：光秃秃的群山穿起了墨绿色的衣裳，冈峦变成了翠绿的堆垛，沟谷变成了辽阔葱绿的田园，沼泽变成了明镜般的湖泊，险峻的山峰低头臣服，易怒的江河也愿供奔走。

祖国的山河对我们总是有情的。我们对它们每唱一首歌，它们都总是作出同样响亮而又热情的回响。

我时时徜徉在中国古典诗歌的天地里，体会最细微的感情，捉摸耐人寻味的思想，感受铿锵的节奏、婉转悠扬的韵律，领略言外不尽的神韵，更陶醉于诗人们对大自然叹为观止的描画。当我读到得意的时候，就会不知不觉地反复吟哦，悠然神往。

祖国的语言多么神奇！它的每一个词每一个字，都同我的生活血肉相连，同我的心尖一起跳跃。

哪怕是最简单的一句话，也能让我联想到一幅幅美丽的图画，联想到一望无际的山川、森林、村舍、田野、池塘和湖泊。

祖国的大自然经常改变它的装束。春天，它穿起了万紫千红的艳装；夏天，它披着青葱轻俏的夏衣；秋天，它穿着金黄色的庄严礼服；冬天，它换上了洁白而朴素的银装。

大自然的季节的变换，催促着新生事物的成长。

这是春天的消息！你瞧，树枝上已微微露出了一些青色，窗子外面开始听得见唧唧的虫鸣了。新一代的昆虫，正在以人们所熟悉的语言庆祝它们新生的快乐。

繁盛的花木掩映着古墓荒冢，绿色的苍苔披覆着残瓦废砖。人世有变迁，而春天则永远循环不已，生生不息。

碧油油的春草是多么柔软、茂盛，充满着生机！它青青的草色，一直绵延到春天的足迹所能达到的辽远的天涯……

草比花有时更能引起人们许多的联想和遐思。

夏天的清晨，薄雾飘荡的乡村，姑娘赤着脚，踩着草上晶莹的露珠，走到银色的小溪边，轻轻地汲满了一桶水。云雀在天空歌唱，霞光照着她的鲜红的双颊……

这是多么淳朴的劳动者之美啊！

秋天，到处是金红的果子，翠锦斑斓的黄叶，露出树木些微的倦意。

清秋之夜，天上的羽云像轻纱似的，给微风徐徐地曳过天河，天河中无数微粒似的星光明灭闪烁。

在冰峰雪岭下不也能开出雪莲来吗？你看它是否比荡漾在涟漪的水面上的睡莲更娇艳？

暗夜将尽，每一棵树都踮起脚来遥望着东方，企盼着晨曦。果然，红光满面的太阳出来了，它愉快地拥吻着每一个树梢，它的笑是金色的。

黄昏蹒跚在苍茫的原野里。最后看见它好像醉汉似的颓然倒下，消失在黑夜里了。明早起来一看，它早已无影无踪，只看见万丈红霞捧出了初升的太阳。

你也许曾经在花下看见细碎的日影弄姿，你也许曾经在林阴道旁看见图案般的玲珑树影，不过，你最好到森林深处去看一看朝阳射进来时的光之万箭的奇景。

我曾远离祖国几年。那些日子，我对祖国真的说不出有多么的怀念。这怀念是痛苦而又是幸福的。痛苦，是远离了祖国的同志、祖国的山川风物；幸福，是有这样伟大的祖国供我怀念。

我曾躺在扬子江边的大堤上，静听江涛拍岸的声音。

最先它不过是雪山冰岩下面滴沥的小泉，逐渐才变成苍苔滑石间的细流，然后是深谷里跳跃着喜悦的白色浪花的溪涧。它在成长，在变幻，一时它是萦回在牛羊牧草之间澄澈的清溪，一时它又是沸腾咆哮、素气云浮的瀑布，一时它是波平如镜、静静地映着蓝天白云的湖泊，一时它又是飞流急湍、奔腾在崇山狭谷之间的险滩。不知经历了多少曲折和起伏，最后它才容纳了许多清的和浊的支流，形成了茫若无涯的、浩浩荡荡的大江。

我也时常约伴去登山。

我们登上了山头，回头看看所经过的曲折盘旋的小径，看看在脚下飞翔的鹰隼，就不觉要高呼长啸。

爬过几个山头以后，又看见前面还有更高的山俯视着我们。登上最后的顶峰，周围是耸峙的峭壁，突兀的危崖，嵯峨的怪石，挺立的苍松。脚下是苍茫的云海，云海的间隙中是缩小了的村镇，是游丝一般通往天边的道路……

我们曾在大海的近旁度假。

碧绿的海水吐着白茫茫一片浪花，蔚蓝的天空像半透明的碧玉般的圆盖覆在上面，海鸥翱翔在晴天和大海之间。太阳就睡在我们的脚下。

还有黄果树的瀑布。

远离瀑布还好几里，就先听到丘壑雷鸣，看到雾气从林中升起。走近一看，只见一股洪流直冲而下，在日光映射下，像是悬空的彩练，珠花迸发，有如巨龙吐沫；水冲到潭里，激起了沸腾的浪花、晶莹的水泡。大大小小的水珠，随风飘荡，上下浮游，如烟如雾，如雨如尘，浸人衣袖。上有危崖如欲倾坠，下有深潭不可逼视。轰隆的巨响，震耳欲聋，游人打着手势在夸张地交谈，却好像失去了声音。

生平到过不少的名山大川，但在我的脑海里印象最深的还是我家乡门前的小溪。春天，秀水涨满，桥的两孔像是一对微笑的眼睛。细雨如烟，桥上不时有人打着雨伞走过。对岸的红棉树开花了，燕子在雨中飞来飞去，还有一阵一阵的风，吹来了断续的残笛……

小溪流唱着愉快的歌流走了，它将冲击着一切涯岸流向大海。静静的群山，则仍留在原来的地方，目送那盈盈的水波远去。

流水一去是决不回来了，但有时也会化作一两片羽云瞭望故乡。

阅读提示：本篇散文诗是一篇献给祖国母亲的颂歌。诗人结合自身丰富的经历，以炽热的情感，磅礴的气势，热情洋溢而又朴素潇洒的语言，表达出诗人自己对祖国美丽山川深藏着的真挚的热爱，字里行间充溢着祖国儿女的热血与深情。诗人下笔视野开阔，似空中俯视祖国大地，赞美祖国山川风物，好似从心底流出，信手拈来，又极为平实，感情真实，感人至深。朗诵时应把中华儿女对祖国母亲的爱，很好地表达出来；要仔细体会诗人的大视野、大情怀，做到感情深沉、充满激情地诵读。

记梁任公先生的一次演讲

梁实秋

梁任公先生晚年不谈政治,专心学术。大约在1921年左右,清华学校请他作第一次的演讲,题目是《中国韵文里表现的情感》。我很幸运地有机会听到这一篇动人的演讲。那时候的青年学子,对梁任公先生怀着无限的景仰,倒不是因为他是戊戌政变的主角,也不是因为他是云南起义的策划者,实在是因为他的学术文章对于青年确有启迪领导的作用。过去也有不少显宦,以及叱咤风云的人物,莅校讲话。但是他们没有能留下深刻的印象。

任公先生的这一篇讲演稿,后来收在《饮冰室文集》里。他的讲演是预先写好的,整整齐齐地写在宽大的宣纸制的稿纸上面,他的书法很是秀丽,用浓墨写在宣纸上,十分美观。但是读他这篇文章和听他这篇讲演,那趣味相差很多,犹之乎读剧本与看戏之迥乎不同。

我记得清清楚楚,在一个风和日丽的下午,高等科楼上大教堂里坐满了听众,随后走进了一位短小精悍秃头顶宽下巴的人物,穿着肥大的长袍,步履稳健,风神潇洒,左右顾盼,光芒四射,这就是梁任公先生。

他走上讲台,打开他的讲稿,眼光向下面一扫,然后是他的极简短的开场白，一共只有两句，头一句是："启超没有什么学问——，"眼睛向上一翻，轻轻点一下头："可是也有一点喽！"这样谦逊同时又这样自负的话是很难得听到的。他的广东官话是很够标准的，距离国语甚远，但是他的声音沉着而有力，有时又是洪亮而激亢，所以我们还是能听懂他的每一字，我们甚至想如果他说标准国语其效果可能反要差一些。

我记得他开头讲一首古诗，箜篌引：

公无渡河，

公竟渡河！

渡河而死，

其奈公何！

这四句十六字，经他一朗诵，再经他一解释，活画出一出悲剧，其中有起承转合，有情节，有背景，有人物，有情感。我在听先生这篇讲演后约二十余年，偶然获得机缘在茅津渡候船渡河。但见黄沙弥漫，黄流滚滚，景象苍茫，不禁哀从衷来，顿时忆起先生讲的这首古诗。

先生博闻强记，在笔写的讲稿之外，随时引证许多作品，大部分他都能背诵得出。有时候，他背诵到酣畅处，忽然记不起下文，他便用手指敲打他的秃头，敲几下之后，记忆力便又畅通，成本大套地背诵下去了。他敲头的时候，我们屏息以待，他记起来的时候，我们也跟着他欢喜。

先生的讲演，到紧张处，便成为表演。他真是手之舞足之蹈，有时掩面，有时顿足，有时狂笑，有时叹息。听他讲到他最喜爱的《桃花扇》，讲到"高皇帝，在九天，不管……"那一段，他悲从中来，竟痛哭流涕而不能自已。他掏出手巾拭泪，听讲的人不知有几多也泪下沾襟了！又听他讲杜氏讲到“剑外忽传收蓟北，初闻涕泪满衣裳……”，先生又真是于涕泗交流之中张口大笑了。

这一篇讲演分三次讲完，每次讲过，先生大汗淋漓，状极愉快。听过这讲演的人，除了当时所受的感动之外，不少人从此对于中国文学发生了强烈的爱好。先生尝自谓“笔锋常带情感”，其实先生在言谈讲演之中所带的情感不知要更强烈多少倍！

有学问，有文采，有热心肠的学者，求之当世能有几人？于是我想起了从前的一段经历，笔而记之。

阅读提示：本篇散文诗选自《梁实秋散文选集》。作品描写生动，音韵铿锵，节奏感强，应是韵在骨子里的散文诗。全篇对至情至性的梁启超先生的一次演讲做了精彩生动的描写，是作者多年后对亲身经历的回忆，历久弥新。这种深刻的印象源于讲演者生动传神的讲解，源于讲演者激情澎湃的“表演”。全篇在对梁启超先生进行恰到好处地总体评价之后，又对梁启超先生在演讲现场表现出的潇洒神态、本色性情和博闻强记做了入木三分的刻画，画龙点睛地表现了梁启超先生爽朗的性格、超凡的气质和令人景仰的修养。朗诵时要仔细体会文中的相关段落，通过深情的朗诵，呈现国学大师的风范。

忆社戏

钟敬文

风急天高，已届暮秋时节了。在这当儿，故乡各地正热闹地演唱着社戏呢。

在我们那南海之滨的故乡，自然社会上的风俗、习惯，不少还是属于中古时代的，其实，在我们这古老的国度里，除了少数的地域，受了欧化的洗礼，略有些变动外，大部分不仍是如此吗？那一年一度的演唱社戏，便是古代风尚的遗留了。

每年到了凉秋九月，各乡村、各市镇的善男信女，便欢天喜地，提议唱戏，以酬神愿，——其实，不少的民众，已没有什么娱神的观念，不过借此种玩乐，以洗涤他们一年中劳苦困倦的精神罢了。

我们故乡的土剧有三种，曰西秦，曰正字，曰白字。而它们当中，以白字为最平民的。不但价钱不高，便是他们的演唱，除小部分外，大概都是取材近事，采用土话的。所以在这九月的社戏的演唱，率以白字为多。高雅的西秦和正字，是不大为我们多数民众，尤其是那些农夫、村妇所喜好的。白字戏的价钱很便宜，每台约数两或十余两不等。剧员多为年纪很轻的子弟。他们的出目不多，而每处初开台的那天，必演唱一出《吕蒙正抛绣球》。所以在这演唱的头一天，人家是不大喜欢去看的。城市人是如此，在不多看戏的村人，却不同了。他们一逢到唱戏，就禁不住手舞足蹈，好像得了什么珍宝似的，那里舍得这市镇人所鄙为俗熟的《吕蒙正抛绣球》而不看呢？

我现在的家庭，虽在市镇里，但故居却在一个很幽僻的乡下。忆幼年时，每届乡中做社戏之际，便同家人回去观看。乡村中的一切，都使住在市镇的我感到兴味。田沟里游泳着的小鱼，丛林中自生着的野花，山涧上涌喷着的流水，……无一不使我对之喜爱。而且有许多新的同伴的接触，使我有时玩得忘记了饮食。更何况还有社戏看呢？

几年以前，在故乡读书时候，也还有看社戏的机会。每到那时，同学和朋友，便加倍亲热起来，夜里或白昼，我们成群结队的，穿街过巷，落乡下村，玩得确也很有味儿。

年来是不多看社戏了，尤其是现在此刻。为了学问，为了口腹，来到这去家千里的大都会的一块幽静之地居住着，在笔墨和书本的下面，打发着这一页一页的秋光。但在记忆里，故乡的旧事却不时地浮现着。这时，就仿佛某街某村的社戏之锣鼓声，丁当地在我耳畔响动起来呢……

一九二六年十月二十五日　岭南大学，西棚

阅读提示：本篇散文诗作者以自己的视角写了故乡“暮秋时节”的社戏，这是民众的狂欢！然而作者并未详细写社戏演出情况，而是侧重叙述演唱社戏时，住在城市里的“同学和朋友，便加倍亲热起来，夜里或白昼，我们成群结队，穿街过巷，落乡下村”的情况，表达出都市人的乡愁。朗诵时要体会作者的乡愁。

锦鸡与麻雀

冯雪峰

有一只锦鸡到另一只锦鸡那儿做客。当他们分别的时候,两只锦鸡都从自己身上拔下一根最美丽的羽毛赠给对方,以作纪念。这情景当时给一群麻雀看见了,他们加以讥笑说:“这不是完完全全的相互标榜么?”

“不,麻雀们,”我不禁要说,“你们全错了。他们无论怎样总是锦鸡,总是漂亮的鸟类,他们的羽毛确实是绚烂的,而你们是什么呢?灰溜溜的麻雀?”

一九七五年十月

阅读提示:本篇散文诗选自1979年11月19日《人民日报》。寓言体散文诗《锦鸡与麻雀》是作者在离世前留下的最后一篇短章。篇中将作者晚年时与周扬的最后一次见面喻为“两只锦鸡”的友好见面。文中的两只锦鸡,因为把自己的羽毛用来装扮对方的美丽而愈加美丽。这“两只锦鸡”,都因不爱惜自己的羽毛而使对方的羽毛愈益丰满。当周扬和冯雪峰这两只“锦鸡”真诚握手的时候,社会上不同的声音还在喧闹着,其后的拨乱反正尽管艰难,但毕竟实现了。

归 梦

梁宗岱

飘忽迷幻的梦里——我跋涉着那迢迢的旅路，回到乡园去。

暮色苍凉，风光黯淡中，母亲正倚闾望着。门前塘边的青草地上，弟妹们的嬉游如故；而老母的慈颜，却已添上无限的憔悴。不禁放声大哭！醒来，正是春暮夜静的深处，碧纱窗外，剩月朦胧，子规哀啼。从惨散凄恻的《留春曲》里，犹声声的度来阵阵落红的碎香。

只是默默的在床上微怔着。……

儿时的梦影，又残云般浮现出来了。

是一个严冬的霜夜，不知怎样的，迷离的踱到一处无际的荒野去：漠漠的赤沙，漫漫的长途。凄烟迷雾里，只见朔风怒号，寒月苦照，惊鸿凄泣，怪鸥悲鸣。小心里，惶然悚然，只剩有寂寞，只剩有荒凉！

再不敢久留了，急返身跑回家中。母亲正淘米厨下。见了窘蹙、彷徨、容倦的我，百忙中，无可奈何的，把那乳露一般的淘米的水浆给我喝了，温温的给我慰安偎存了。怯懦而恐怖的小心，迸着了慈母的抚爱，不觉哇的一声哭醒来，却依然安卧在伊甜温的软怀里。伊手儿拍着，低声唱着："睡吧，宝宝，睡吧，妈在这儿呢。"

母亲啊！当我从这孤苦崎岖的旷野，回到你长眠的乐土的时候，你还是一样的，把那淘米的水浆给我喝么？

一九二三年五月十三日

阅读提示：本篇散文诗选自《小说月报》第14卷第7期。作品是诗人对于亲情的诗化诠释，也是诗人对无私母爱的深情歌颂。作者在诗中叙写了一个梦境，一段回忆，先后推出了两幅特写：一幅是慈颜憔悴的母亲倚闾远望、盼儿回乡的情景；一幅是回忆少小时的"我"跑回家中，母亲正淘米厨下，忙中以淘米的水浆为"我"解渴的情形。作者将母爱的深情和无私写得如此逼真，每一位读者读后无不为之动容。篇中的细节描写平添了诗文的感染力。朗诵时要注意体会作者的细节描写功夫，注意深情表达体现母爱的内容。

江行的晨暮

朱　湘

美在任何的地方,即使是古老的城外,一个轮船码头的上面。

等船,在划子上,在暮秋夜里九点钟的时候,有一点冷的风。天与江,都暗了;不过,仔细地看去,江水还浮着黄色。中间所横着的一条深黑,那是江的南岸。

在众星的点缀里,长庚星闪耀得像一盏较远的电灯。一条水银色的光带晃动在江水之上。看得见一盏红色的渔灯。

岸上的房屋是一排黑的轮廓。

一条趸船在四五丈以外的地点。模糊的电灯,平时令人不快的,在这时候,在这条趸船上,反而,不仅是悦目,简直是美了。在它的光围下面,聚集着一些人形的轮廓。不过,并听不见人声,像这条划子上这样。

忽然间,在前面江心里,有一些黝黯的帆船顺流而下,没有声音,像一些巨大的鸟。

一个商埠旁边的清晨。

太阳升上了有二十度;覆碗的月亮与地平线还有四十度的距离。几大片鳞云粘在浅碧的天空里;看来,云好像是在太阳的后面,并且远了不少。

山岭披着古铜色的衣，褶痕是大有画意的。

水汽腾上有两尺多高。有几只肥大的鸥鸟，它们，在阳光之内，暂时的闪白。

月亮是在左舷的这边。

水汽腾上有一尺多高；在这边，它是时隐时显的。在船影之内，它简直是看不见了。

颜色十分清阔的，是远洲上的列树，水平线上的帆船。

江水由船边的黄到中心的铁青到岸边的银灰色。有几只小轮在喷吐着煤烟：在烟窗的端际，它是黑色；在船影里，淡青，米色，苍白；在斜映着的阳光里，棕黄。

清晨时候的江行是色彩的。

阅读提示：本篇散文诗选自朱湘《中书集》，上海生活书店1936年版。写的是作者江行途中的见闻。表达了旧时代的知识分子渴求美好的生活，但理想不能实现，只能以文字来满足对“彩色”生活的憧憬之情。本来长途旅行令人百无聊赖，尤其是在候车等船的时候。然而诗人朱湘在日暮时分，却独立在一叶划子上，欣赏着江上的暮色。次日清晨，当别人的睡眼尚未睁开，诗人又在领略商埠旁边的晨景了。全篇按照“由总到分”的顺序行文。作者开篇即点明这次“江行”的发现，总领下文；然后特写式描写了“暮色”和“晨景”中的所见之景，为读者留下“江行之暮”和“江行之晨”两个令人难忘的美丽画面，如在目前。朗诵时要注意体会诗人高超的描写艺术。

怀大金塔

艾　芜

在向仰光奔驰的火车上，首先看见高矗于绿阴丛中，远远就对旅人露出一脸微笑的，是你的姿影啊，大金塔！在离仰光驰往印度洋的轮船上，回头来大都市的轮廓已经消失了，却突然望见耸立蓝空，仿佛依依惜别的，也是你的姿影啊，大金塔！这些我都记得，但尤令我永远不会忘掉的，是当黄昏之际，落日挂在你的腰畔，群鸦都从菩提阴中噪起，散在晚红的西空，旋成点点的黑星，飞舞在你的身边，这时呵，遥见你那慵倦的样子，唉，怎样的使人起着兴亡的感慨！或是深夜散步于绿漪湖畔，望着你通身围着灿烂的珠光，湖水里也映着你柔和的金影，那满透出舞女要赴夜会似的神情，又怎样地令人感到高兴！

如今你的足下，大理石铺就的道上，那些献花献香的盛况，还是一如当年的么？那些着白衣花裙的善男信女，被我叫做拜金主义者的，还是当着晴美的节日，在你下边且歌且舞，兴趣不减于往昔的么？主张暴力革命绝食死在狱中的僧人巫威塞牙，在你身边举行火葬的悲壮日子，你还记得么？喊着Slmon go back的行列，通过了繁华的都市，绕到你的足下，散成头颅的海波，作着祈祷和演讲的示威日子，你还记得么？五千印度码头工人的大罢工，弄到整个都市都成了死灭的凄愁景况,而你那里的香化,也显出了从来未有的暗淡样子,你还记得么?大金塔啊,这些我都记得的,而且令我很是怀念的。

请你抬头替我望望,那些点缀在金色稻田中的茅屋,是否还在冒出血红的火冠,乌黑的烟柱?那些闪现于绿色森林中的棕黄面影,是否还在把画有神和蛇的白旗,继续地竖了起来?一别三年的大金塔呵,请你提起足尖,为我望一望吧。

阅读提示:本篇散文诗选自《漂泊杂记》,上海生活书店1935年版。缅甸仰光的"大金塔"是佛教的一个世界级圣地,是仰光甚至缅甸的第一景点,也是仰光甚至缅甸的象征。作者写作《怀大金塔》这篇散文诗时与大金塔"一别三年",但对大金塔深深的怀念之情饱含在字里行间。作者想念大金塔就像想念久别的亲人,为此,全篇采用第二人称,这有利于与"大金塔"直接对话,直抒胸臆。全篇以远望(文中两次由衷赞美"你的姿影")——近问(两次深情发问:"你还记得么?")——远望(两次请求:"你替我望望""你为我望一望")牵动读者的视线,构成若干亲切生动的画面。朗诵时注意朗诵者的情感要随着作者所表达的情感一起激扬澎湃,恰到好处地表达出作者对"大金塔"浓浓的思念之情。

海上的日出

巴　金

为了看日出，我常常早起。那时天还没有大亮，周围很静，只听见船里机器的声音。

天空还是一片浅蓝，颜色很浅。转眼间天水相接的地方出现了一道红霞，红霞的范围慢慢扩大，越来越亮。我知道太阳就要从天边升起来了，便不转眼地望着那里。

果然，过了一会儿，那里出现了太阳的小半边脸，红是真红，却没有亮光。这个太阳好像负着重荷似地一步一步，慢慢地努力上升，到了最后，终于冲破了云霞，完全跳出了海面，颜色红得非常可爱。一刹那间，这个深红的圆东西，忽然发出了夺目的亮光，射得人眼睛发痛，它旁边的云片也突然有了光彩。

有时太阳走进了云堆中，它的光线却从云里射下来，直射到水面上。这时候要分辨出哪里是水，哪里是天，倒也不容易，因为我就只看见一片灿烂的亮光。

有时天边有黑云，而且云片很厚，太阳出来，人眼还看不见。然而太阳在黑云里放射的光芒，透过黑云的重围，替黑云镶了一道发光的金边。后来太阳才慢慢地冲出重围，出现在天空，甚至把黑云也染成了紫色或者红色。这时候发亮的不仅是太阳，云和海水，连我自己也成了明亮的了。

这不是很伟大的奇观么？

作于一九二七年一月

阅读提示：本篇散文诗选自《海行杂记》，上海人民出版社2008年版。作者以细致入微的观察，多角度准确传神地勾画了海上日出的壮观景象。全篇按日出前、日出时、日出后的顺序，以明艳的色彩和变幻的动态画面记录了海上日出的全过程，日出的瑰丽和作者细腻的艺术表现力，使人读后如临其境，如见其形。拟人手法的运用增添了日出画面的诗情画意。朗诵时要注意体会诗文中的个性化词语的运用。

山　风

戴望舒

窗外，隔着夜的屏障，迷茫的山风大概已把整个峰峦笼罩住了吧。冷冷的风从山上吹下来，带着潮湿，带着太阳的气味，或是带着几点从山涧中飞溅出来的水，来叩我的玻璃窗了。

敬礼啊，山风！我敞开门窗欢迎你，我敞开衣襟欢迎你。

抚过云的边缘，抚过崖边的小花，抚过有野兽躺过的岩石，抚过缄默的泥土，抚过歌唱的泉流，你现在来轻轻地抚我了。

说啊，山风！你是否从我胸头感到了云的飘忽，花的寂寥，岩石的坚实，泥土的沉郁，泉流的活泼？

你会不会说，这是一个奇异的生物！

阅读提示：本篇散文诗借山风拂过大自然，也拂过作者的身心，表达了大自然与人的相融与和谐，进而强烈地表达作者对大自然和自由的向往之情。作者在山风的吹拂下，已置身于“天人合一”的妙境，而排比手法的运用，又强化了这种“天人合一”的感觉，作者与山风的对白，就是“天人合一”时的真情外露，是作者写给大自然的心语，朗诵时要准确体会。

荷叶伞

李广田

我从一座边远的古城，旅行到一座摩天的峰顶，摩天的峰顶住着我所系念的一个人。

路途是遥远的，又隔着重重山水，我一步一步跋涉而来，我又将一步一步跋涉而归，因为我不曾找到我所系念的人。因为，那个人也许在更遥远的地方，也许在更高的峰顶，我怀着满怀空虚，行将离开这个圣地。但当我以至诚的心为那人祷告时，我已经得到了那人的恩惠，我的耳边又仿佛为柔风送来那人的言语：

“给你这个——一把伞。你应当满足，因为这个可以使你平安，可以为你蔽雨。”

于是，我手中就有一把伞了，而我的满足却使我洒下眼泪。

我细看我的伞，乃是一把荷叶伞，其大如荷叶，其色如荷叶，而且有败荷的香气。心想：方当秋后，众卉俱摧，唯有荷叶，还在水面停留，如今我打了我的荷叶伞，我正如作了一枝荷叶的柄，虽然觉得喜欢，却又实在是荒凉之至。我向着归路前进，我听到伞上的雨声。

天原是晴朗的。正如我首途前来时的心情，明白而澄清，是为了我的伞而来的雨吗，还是因为预卜必雨而才给我以伞呢？这时天地黑暗，云雾迷蒙，不见山川草木，但闻伞上雨声。其初我还非常担心，我衣，我履，万一拖泥带水，将如何行得几千里路。但当我又一转念时，我乃寂寞的一笑了：哪有作为一枝荷叶梗而犹担心风雨的呢，白莲藕生长泥里，我的鞋子还怕什么露水。何况我的荷叶伞乃是神仙的赠品。

雨越下越大了，而我却越感觉平安，因为我这时才发现我的伞的妙用：雨小时伞也小，雨大时伞也大；当时雨急，我的伞也就渐渐开展着，于是我乃重致我的谢意。

忽然，我觉得我的周围有变化了，路上已不止我一个行人，我仿佛看见许多人在昏暗中冒雨前进。雨下得很急，他们均如孩子们在急流中放出的芦叶船儿，风吹雨打，颠翻漂没。我起始觉得不安了，我恨我的伞不能更大，大得像天幕；我希望我的伞能分做许多伞，如风雨中荷叶满江满湖。我的念头使我无力，我的荷叶已不知于几时摧折了。

我醒来，窗外的风雨正急。

阅读提示：本篇散文诗选自《雀蓑记》，文化生活出版社1939年版。写的是一个奇特的梦境："我"在梦中获赠"一把荷叶伞"，而这种神秘的获赠之物既使你平安，也为你蔽雨；这伞还有强烈的象征意蕴："雨小时伞也小，雨大时伞也大"。此时，"我打了我的荷叶伞，我正如作了一枝荷叶的柄"；赶上"雨下得很急""我恨我的伞不能更大，大得像天幕"，为行人遮风挡雨。然而，残酷的现实是，荷叶摧折，紧张惊醒了梦中人。全篇语言富于象征意味，通篇表达了诗人的救世助人情怀，也象征着一种顽强不屈的精神。朗诵时要体会诗人的这种人道主义精神。

海　星

陆　蠡

孩子手中捧着一个贝壳，一心要摘取满贝的星星，一半给他亲爱的哥哥，一半给他慈蔼的母亲。

他看见星星在对面的小丘上，便兴高采烈的跑到小丘的高顶。

原来星星不在这儿，还要跑路一程。于是孩子又跑到另一山岭，星星又好像近在海边。孩子爱他的哥哥，爱他的母亲，他一心要摘取满贝的星星，献给他的哥哥，献给他的母亲。

海边的风有点峭冷。海的外面无路可以追寻。孩子捧着空的贝壳，眼泪点点滴入海中。

第二天，人们发现了手中捧着贝壳的孩子的冰冷的身体。

第二夜，人们看见海中无数的星星。

一九三三年八月

阅读提示：本篇散文诗选自《海星》，文化生活出版社1936年版，是一曲爱的颂歌。虽然生命之花过早凋零，但爱的星光却永远闪耀。全篇以孩子的善良心愿展开情节：孩子手中捧着一个贝壳，一心要摘取满贝的星星，一半给他亲爱的哥哥，一半给他慈蔼的母亲。他看见星星在对面的小丘上，便兴高采烈地跑到小丘的高顶。以此表达人性的弱小和爱心的博大，从而讴歌童心的天真和纯美。全诗以隐喻的形式深情述说着诗人对亲人的真爱，诗文语言朴实、生动、清新、纯美，回荡着一股天真、纯朴的感人气息。全篇通过歌谣式的反复，使亲情和爱心得到了强调，而其中的寓意又具有诗的韵味。朗诵时要体现孩子纯真、善良又略带忧伤的情感。

夜

徐　讦

窗外是一片漆黑，我看不见半个影子，是微风还是轻雾在我屋瓦上走过，散着一种低微的声音，但当我仔细谛听时，觉得宇宙是一片死沉沉的寂静。我两手捧我自己的头，肘落在膝上。

我又听到一点极微的声音，我不知道是微风，还是轻雾；可是当我仔细倾听时，又觉得宇宙是一片死沉沉的寂静。

我想这或者就是所谓寂静了吧。

一个有耳朵的动物，对于寂静的体验，似乎还有赖于耳朵，那末假如什么也没有的话，恐怕不会有寂静的感觉的。在深夜，当一个声音打破寂静的空气，有时就陪衬出先前的寂静的境界；而那种似乎存在似乎空虚的声音，怕才是真正的寂静。

在人世之中，严格地说，我们寻不到真正的空隙；通常我们所谓空隙，也只是一个若有若无的气体充塞着，那么说寂静只是这样一种声音，我想许多人一定会觉得对的。

假如说夜里藏着什么神秘的话，那么这神秘就藏在寂静与黑暗之中。所以如果要探问这个神秘，那么就应当穿过这寂静与漆黑。

为夜长而秉烛夜游的诗人，只觉得人生的短促，应当尽量享受，是一种在夜里还留恋那白天欢笑的人。一个较伟大的心境，似乎应当是觉得在短促的人世里，对于一切的人生都会自然的尽情的体验与享受，年轻时享受青年的幸福，年老时享受老年的幸福。如果年轻时忙碌于布置老年的福泽，老年时哀悼青年的消逝，结果在短促一生中，没有过一天真正的人生，过去的既然不复回，将来的也不见得会到。那么依着年龄、环境的现状，我们还是过一点合时的生活，干一点合时的工作，渡一点合时的享受吧。

既然白天时我们享受着光明与热闹，那么为什么我们在夜里不能享受这份漆黑与寂静中所蓄的神秘呢？但是这境界在近代的都市中是难得的，叫卖声、汽车声、赌博声、无线电的声音以及红绿的灯光都扰乱着这自然的夜。只有在乡村中，山林里，无风无雨无星无月的辰光，更深人静，鸟儿入睡，那时你最好躺下，把灯熄灭，于是灵魂束缚都解除了，与大自然合而为一，这样你就深入到夜的神秘怀里，享受到一个自由而空旷的世界。这是一种享受，这是一种幸福，能享受这种幸福的人，在这忙碌的世界中是很少的。真正苦行的僧侣或者一种在青草上或者蒲团上打坐，从白天的世界跳入夜里，探求一些与世无争的幸福。此外田园诗人们也常有这样的获得，至于每日为名利忙碌的人群，他永远体验不到这一份享受，除非在他失败时候，身败名裂，众叛亲离，那么也许会在夜里投身于这份茫茫的怀中获得了一些彻悟的安慰。

世间有不少的人，把眼睛闭起来求漆黑，把耳朵堵起来求寂静，我觉得这是愚鲁的。因为漆黑的真味是存在视觉中，而静寂的真味则是存在听觉上的。

于是我熄了灯。

思维的自由,在漆黑里最表示得充分;它会把旷野缩成一粟,把斗室扩大到无限。于是心瓣的杂膜,如照相的胶片浸在定影水里一般,慢慢地淡薄起来,以至于透明。

我的心就这样的透明着。

在这光亮与漆黑的对比之中,象征着生与死的意义的,听觉视觉全在死的一瞬间完全绝灭,且不管灵魂的有无,生命已经融化在漆黑的寂静与寂静的漆黑中了。

看人世是悲剧或者是喜剧似乎都不必,人在生时尽量生活,到死时释然就死,我想是一个最好的态度;但是在生时有几分想到自己是会死的,在死时想到自己是活过的,那就一定会有更好的态度,也更会了解什么是生与什么是死。对于生不会贪求与狂妄,对于死也不会害怕与胆怯;于是在生时不会虑死,在死时也不会恋生,我想世间总有几个高僧与哲人达到了这样的境地吧。

于是我不想再在这神秘的夜里用耳眼享受这寂静与漆黑,我愿将这整个的心身在神秘之中漂流。

这样,我于是解衣就寝。

阅读提示:本篇是渗透了作者的感觉和心理分析的哲理散文诗佳作。中国古代文学中描写黑夜的文字多是关于凄凉、恐怖、孤独和寂寞的场景,本篇文字却立意新奇。作者从自身的体验出发,认为"漆黑的真味是存在视觉中,而静寂的真味则是存在听觉上的",因而,理想的人生态度应该是对于一切的人生都顺其自然地去体验、去适应、去享受。夜晚来了,"就深入到夜的神秘怀里,享受到一个自由而空旷的世界"。全篇以充满思辨与神秘色彩的语言,形象地为阐述夜与昼,生与死,体验与享受等问题一一做了充满佛理与禅机的诗意解读。行文似随意而谈,又线索细密。把读者不经意引入到一个透明彻悟的人生与艺术境界里。朗诵时要注意体会作者这种潇洒旷达的心态,朗诵的语气要娓娓道来。

昨夜之歌

马国亮

晓风吹起了我的乱发,吹醒了我迷乱的心胸,我茫然发觉我立在这荒寂之山巅,我如梦初醒般不知我从何处来,何故来。

晓雾迷盖了山外的群山,迷盖了枫林,也迷盖了我的道路。希望在浓雾中消失了。何处天涯?方向已乱。我彷徨、踯躅于山头,似破烂的小舟漂浮于渺无涯际的大海,啊!我这迷路的小羊!绝望,悲哀笼罩了我,我颓然倒伏在那冰冷的石头。眼泪从失了神的眼中迸出,湿透了衣襟。

沮丧中,我检定了我的神魂极力寻找那消逝了的回忆,无有了,无有了,只余那刺激了我的灵魂,还在耳边缭绕的歌声,呵,歌声!那唱出了无限情意的歌声!

这是绝望中的希望,这是无边的黑暗中的星星的光明,我蓦然为这歌声的回忆所警醒,苦笑浮上我苍白的面颜,去——

去寻到那从天使的口中所唱出的歌声,那能苏醒你疲惫的灵魂的歌声,那歌声的美丽有如落花片片洒向你的心头,医治了它的伤痕,弥补了它的空虚。

去!趁那太阳还未起来,那毒烈的阳光将会消灭了那仅存的记忆，消灭了那微弱的歌声。

去！去在这心血还未流涸之前，趁那心的跳动还未停息，趁那心头的温暖仍存；那歌声的寻获将使一切的希望实现在你的目前，幸福回到你的身边。

于是，我勉力支撑起我委顿的残躯，撩起我的乱发，拭干我的眼泪；疲弱的手抚着我的在汩汩流血的心，移动我无力的双脚。

我捉住那歌声的记忆有如那瞽者握住了他相依为命的竹竿，从霜雾弥漫中找寻我失去了的道路……

阅读提示：本篇散文诗选自《昨夜之歌》，良友图书印刷公司 1929 年版。作者以象征手法，描述在“晓风吹起”“晓雾迷盖”的时分，“我茫然发觉我立在这荒寂之山巅”，“我”成了“迷路的小羊”，“不知我从何处来，何故来”；记忆中只有歌声犹在耳边，“我”想“捉住那歌声的记忆”，“从霜雾弥漫中找寻我失去了的道路”。这分明是描写一代青年独自艰难探索人生道路的情形。全篇很像一个梦境，诗文中的“歌声”本身就有象征意味。朗诵时要注意体会这篇散文诗的情节、意境，体会作为年轻的“我”，行路难、多歧路时的心情。

鹰之歌

丽　尼

黄昏是美丽的。我忆念着那南方的黄昏。

晚霞如同一片赤红的落叶坠到铺着黄尘的地上,斜阳之下的山岗变成了暗紫,好像是云海之中的礁石。

南方是遥远的;南方的黄昏是美丽的。

有一轮红日沐浴着在大海之彼岸;有欢笑着的海水送着夕归的渔船。

南方,遥远而美丽的!

南方是有着榕树的地方,榕树永远是垂着长须,如同一个老人安静地站立,在夕暮之中作着冗长的低语,而将千百年的过去都埋在幻想里了。

晚天是赤红的。公园如同一个废墟。鹰在赤红的天空之中盘旋,作出短促而悠远的歌唱,嘹唳地,清脆地。

鹰是我所爱的。它有着两个强健的翅膀。

鹰的歌声是嘹唳而清脆的,如同一个巨人底口在远天吹出了口哨。而当这口哨一响着的时候,我就忘却我底忧愁而感觉兴奋了。

我有过一个忧愁的故事。每一个年轻的人都会有一个忧愁的故事。

南方是有着太阳和热和火焰的地方。而且，那时，我比现在年轻。

那些年头！啊，那是热情的年头！我们之中，像我们这样大的年纪的人，在那样的年代，谁不曾有过热情的如同火焰一般的生活！谁不曾愿意把生命当作一把柴薪，来加强这正在燃烧的火焰？有一团火焰给人们点燃了，那么美丽地发着光辉，吸引着我们，使我们抛弃了一切其他的希望与幻想，而专一地投身到这火焰中来。

然而，希望，它有时比火星还容易熄灭。对于一个年轻人，只须一个刹那，一整个世界就会从光明变成了黑暗。

我们曾经说过："在火焰之中锻炼着自己。"我们曾经感觉过一切旧的渣滓都会被铲除，而由废墟之中会生长出新的生命，而且相信这一切都是不久就会成就的。

然而，当火焰苦闷地窒息于潮湿的柴草，只有浓烟可以见到的时候，一刹那间，一整个世界就变成黑暗了。

我坐在已经成了废墟的公园看着赤红的晚霞，听着嘹唳而清脆的鹰歌，然而我却如同一个没有路走的孩子，凄然地流下眼泪来了。

"一整个世界变成了黑暗，新的希望是一个艰难的生产。"

鹰在天空之中飞翔着了，伸展着两个翅膀，倾侧着，回旋着，作出了短促而悠远的歌声，如同一个信号。我凝望着鹰，想从它底歌声里听出一个珍贵的消息。

"你凝望着鹰么？"她问。

"是的，我望着鹰。"我回答。

她是我底同伴，是我三年来的一个伴侣。

“鹰真好，”她沉思地说了，“你可爱鹰？”

“我爱鹰的。”

“鹰是可爱的。鹰有两个强健的翅膀，会飞，飞得高，飞得远，能在黎明里飞，也能在黑夜里飞。你知道鹰是怎样在黑夜里飞的么？是像这样飞的，你瞧，”说着，她展开了两只修长的手臂，旋舞一般地飞着了，是飞得那么天真，飞得那么热情，使她底脸面也现出了夕阳一般的霞彩。

我欢乐底笑了，而感觉了兴奋。

然而，有一次夜晚，这年轻的鹰飞了出去，就没有再看见她飞了回来，一个月以后，在一个黎明，我在那已经成了废墟的公园之中发现了她底被六个枪弹贯穿了的身体，如同一只被猎人从赤红的天空击落了下来的鹰雏，披散了毛发在那里躺着了。那正是她为我展开了手臂而热情地飞过的一块地方。

我忘却了忧愁，而变得在黑暗里感觉兴奋了。

南方是遥远的，但我忆念着那南方的黄昏。

南方是有着鹰歌唱的地方，那嘹唳而清脆的歌声是会使我忘却忧愁而感觉兴奋的。

一九三四年十二月

阅读提示：本篇散文诗选自1935年3月16日《文学季刊》第2卷第1期。作者通过对以往生活的回忆，描写了南国秀丽风光和革命处于低潮时先进青年的思想变化过程。作者赋予自然界的鹰以革命青年的象征。全篇以“我”作比，以“鹰”作喻，写到如鹰一样的伴侣不幸牺牲，表达了对亲密女友的深切思念和“我”投身革命的坚定信心。同时，表现了作者对反动势力的仇恨和对新世界的向往与迷茫。本篇散文诗采用象征和隐喻的手法，文意委婉含蓄，感情深沉。整篇作品充满着激情，格调高昂，朗诵时要用饱含深情的语调，把“我”对女友的缅怀与坚毅相交织的情感充分表达出来。

养花人的梦

艾　青

在一个院子里，种了几百棵月季花，养花的认为只有这样才能每个月都看见花。月季的种类很多，是各地的朋友知道他有这种偏爱，设法托人带来送给他的。开花的时候，那同一形状的不同颜色的花，使他的院子呈现了一种单调的热闹。他为了使这些花保养得好，费了很多心血，每天给这些花浇水，松土，上肥，修剪枝叶。

一天晚上，他忽然做了一个梦：当他正在修剪月季花的老枝的时候，看见许多花走进了院子，好像全世界的花都来了，所有的花都愁眉泪睫地看着他。他惊讶地站起来，环视着所有的花。

最先说话的是牡丹，她说："以我的自尊，决不愿成为你的院子的不速之客，但是今天，众姐妹们邀我同来，我就来了。"

接着说话的是睡莲，她说："我在林边的水池里醒来的时候，听见众姐妹叫嚷着穿过林子，我也跟着来了。"

牵牛弯着纤弱的身子，张着嘴说："难道我们长得不美吗？"

石榴激动得红着脸说："冷淡里面就含有轻蔑。"

白兰说："要能体会性格的美。"

仙人掌说："只爱温顺的人，本身是软弱的；而我们却具有倔强的灵魂。”

迎春说：“我带来了信念。”

兰花说：“我看重友谊。”

所有的花都说了自己的话，最后一致地说：“能被理解就是幸福。”

这时候，月季说话了：“我们实在寂寞，要是能和众姊妹们在一起，我们也会更快乐。”

众姊妹们说：“得到专宠的有福了，我们被遗忘已经很久，在幸运者的背后，有着数不尽的怨言呢。”说完了话之后，所有的花忽然不见了。

他醒来的时候，心里很闷，一个人在院子里走来走去，他想：“花本身是有意志的，而开放正是她们的权利。我已由于偏爱而激起了所有的花的不满。我自己也越来越觉得世界太狭窄了。没有比较，就会使许多概念都模糊起来。有了短的，才能看见长的；有了小的，才能看见大的；有了不好看的，才能看见好看的……从今天起，我的院子应该成为众芳之国。让我们生活得更聪明，让所有的花都在她们自己的季节里开放吧。”

一九五六年七月六日

阅读提示：这是一首寓言体散文诗。讲述了一个生动有趣的故事：养花人种了几百棵月季花，让花园“呈现了一种单调的热闹”。养花人为此做了一个梦：那些被逐出花园的花儿，一起向养花人提出了质疑：“难道我们长得不美吗？”是啊！花儿如果都获得开放的权利，这花园该是多么的繁荣！篇中运用拟人手法。作者对养花人在梦中看到的各种花作了惟妙惟肖的刻画，并赋予各种花儿以不同的性格特征和人格精神，留给读者更多的艺术和人生的思考。这首散文诗诞生于“双百”方针颁布之时，诗人是以艺术的形式表达他对“双百”方针的真诚拥护。朗诵时要体会作者的这种心情。

雨　前

何其芳

最后的鸽群带着低弱的笛声在微风里划一个圈子后，也消失了。也许是误认这灰暗的凄冷的天空为夜色的来袭，或是也预感到风雨的将至，遂过早地飞回它们温暖的木舍。

几天的阳光在柳条上撒下的一抹嫩绿，被尘土埋掩得有憔悴色了，是需要一次洗涤。还有干裂的大地和树根也早已期待着雨。雨却迟疑着。

我怀想着故乡的雷声和雨声。那隆隆的有力的搏击，从山谷返响到山谷，仿佛春之芽就从冻土里震动，惊醒，而怒茁出来。细草样柔的雨声又以温存之手抚摩它，使它簇生油绿的枝叶而开出红色的花。这些怀想如乡愁一样萦绕得使我忧郁了。我心里的气候也和这北方大陆一样缺少雨量，一滴温柔的泪在我枯涩的眼里，如迟疑在这阴沉的天空里的雨点，久不落下。

白色的鸭也似有一点烦躁了，有不洁的颜色的都市的河沟里传出它们焦急的叫声。有的还未厌倦那船一样的徐徐的划行。有的却倒插它们的长颈在水里，红色的蹼趾伸在尾后，不停地扑击着水以支持身体的平衡。不知是在寻找沟底的细微的食物，还是贪那深深的水里的寒冷。

有几个已上岸了。在柳树下来回地作绅士的散步,舒息划行的疲劳。然后参差地站着,用嘴细细地抚理它们遍体白色的羽毛,间或又摇动身子或扑展着阔翅,使那缀在羽毛间的水珠坠落。一个已修饰完毕的,弯曲它的颈到背上,长长的红嘴藏没在翅膀里,静静合上它白色的茸毛间的小黑睛,仿佛准备睡眠。可怜的小动物,你就是这样做你的梦吗?

我想起故乡放雏鸭的人了。一大群鹅黄色的雏鸭游牧在溪流间。清浅的水,两岸青青的草,一根长长的竹竿在牧人的手里。他的小队伍是多么欢欣地发出啾啁声,又多么驯服地随着他的竿头越过一个田野又一个山坡!夜来了,帐幕似的竹篷撑在地上,就是他的家。但这是怎样辽远的想象啊!在这多尘土的国土里,我仅只希望听见一点树叶上的雨声。一点雨声的幽凉滴到我憔悴的梦,也许会长成一树圆圆的绿阴来覆荫我自己。

我仰起头。天空低垂如灰色的雾幕,落下一些寒冷的碎屑到我脸上。一只远来的鹰隼仿佛带着怒愤,对这沉重的天色的怒愤,平张的双翅不动地从天空斜插下,几乎触到河沟对岸的土阜,而又鼓扑着双翅,作出猛烈的声响腾上了。那样巨大的翅使我惊异。我看见了它两肋间斑白的羽毛。

接着听见了它有力的鸣声,如同一个巨大的心的呼号,或是在黑暗里寻找伴侣的叫唤。

然而雨还是没有来。

一九三三年春　北京

阅读提示：本篇散文诗选自《画梦录》，文化生活出版社1936年版。作者通过描写鸽群、嫩柳、大地、树根、白鸭等自然界的动植物在雨前的不同表现，成功烘托出大雨来临前的自然界气氛，同时，表达了作者的烦闷、焦渴与久旱盼甘霖的情绪。全篇巧妙地将憔悴的北国与秀丽的江南故乡对比，又将作者热切的企盼和灰暗的现实世界对比。寓情于景地刻画形象，使得自然景物具有象征意味。各段结构整齐，语言富于诗的节奏和乐感。朗诵时要细读、慢读。

月夜到黎明

白　朗

月夜里，飘着幽灵样的轻风，随着银色的月影，它也悄悄地爬进我的窗棂。在这所高耸的小楼中，我蜷卧在床上，享受这风与月的温存，温存呵，它们比睡在我身边的孩子的嫩红的小脸更加温存。

让春风轻抚我蓬松的鬓发，任夜月狂吻我枯干的唇，我陶醉了，我陶醉在这稀有的清新、稀有的温情抚爱中。

轻轻地，我闭上了醉态的眼睛。

风儿仍在轻抚，月儿仍在偷吻。

踏着银色的大地，我踽踽独行，闪闪发光的星群，集中了视线不瞬地向我跟踪，它们笑了，笑得是那么猥亵而阴森！

“笑什么？鬼东西，你们是不是在笑我愚蠢？”

讥笑，监视，都听凭你们，无论如何，我也要完成这有计划的夜的途程。

我踏过了一片青春的原野，又爬上了一座青春的峰峦，一座又一座，无数的峰峦庄严地向我投送着雄伟的注视。爬呀，爬呀，爬上山坡，爬上顶峰。由这一顶峰跳上另一顶峰，那里充满着灿烂的青春，流荡着活气与鲜明。然而，我疲倦了，两只腿的软瘫通过了全身。我拥抱着最高的山峦，用口水润了润不感疲倦的喉咙，向着环绕的山峰，向着原野，向着银色的月，也向着渺小的、藐视我的星星，吐出了我的歌声：

…………

粉碎呀，粉碎侵略者的迷梦，
　争取中华民族的自由与生存，
把敌人打个落花流水，
　建立起真正的和平。
永远呀，永远也不做被压迫的奴隶，
　永远也不再受人欺凌，
中国的领土是我们的，
　我们才是中国的主人！

…………

一声脆快的霹雷，震断了我激昂的歌声。仅仅一瞬，整个地球失却了光明，皎洁的月亮遮在黑云背后，温柔的春风变成激昂的吼鸣，光明被黑暗吞蚀，黑暗在暴风里打滚，雷声断续地轰响，像要震倒那巍巍然的山峰。

站在黑暗里，我迷失了方向。

霹雷，闪电，怒吼的风和无边的黑暗。

突然，大雨带着冲锋的杀声倾泻下来，像瀑布，像山洪，闪着白色的光亮。我俯首瞰视，青春的原野竟变成了无边的海，海水继续增涨，增涨，呵，它竟与山峰并肩了，白色的飞沫，带着骇人的吼叫冲向山峰了！

“我不能，我不能让海水卷去我的生命呵！”我想，“我还有待哺的孩子,我还有……”

“快跳上来,我把你送上彼岸。”

一个轻巧的舢板,在海浪上颠荡,我顺从舟子的招引,跳上那救生的小船。青年的舟子满身流汗了,他拼命地撑住那修长的篙杆,漂呵,荡呵,和海浪搏斗着。终于,我看见了不远的光明的彼岸。

“呵,我们已经凯旋!”

庞大的海的欢呼,使我展开了朦胧的视线。原来这无边的海里正漂荡着数不清的小船。在我面前展开了青春的原野和黎明的春阳,我兴奋地握住了修长的篙杆,用力一撑,船便悠然靠岸。一声清脆的遽然的鸡鸣唤醒了我,身边的孩子正惊恐地哭着,挣扎着。我恍悟地松开了我的紧握住孩子肥胖的臂膀的手,唱起催眠歌:

好宝宝,不要哭,不要怕。
　妈妈扶着你的小臂膀,
冲破了汹涌咆哮的海浪。
　如今哪,如今已经到达彼岸,
晨光熹微了,
　光明的太阳就要出现,
新中国的伟大任务,
　要你勇敢地担当!

阅读提示:本篇散文诗选自1939年10月10日《抗战文艺》第4卷第5、6期合刊。它以梦境为主线,以抗敌救国为主题,寓爱国救亡于诗意中。诗文中踽踽独行的“我”经历了翻山越岭的跋涉,仍以战斗的歌声激励自己,形成梦境中的第一个高潮。紧接着一声霹雷,重点描写了

“舟子”与海浪的顽强拼搏，显示了作者对于人民力量的确信；梦境也由此开始走出低谷，“我”看到无数的同路人正朝着共同的目标奋进，这里又掀起梦境中的第二个高潮。作者在此巧妙地以一声鸡鸣唤醒梦境，醒后的“我”在为孩子唱催眠歌中表达了对光明的向往，对下一代寄予殷切的希望。作者以梦境著文，增添了诗的意蕴；篇中采用排比手法，诗文具有鲜明的层次和气韵；象征手法的运用，寓意黑夜过去是光明；作者把月、星、峰峦、霹雷、闪电、风、黑暗等拟人化，并赋予不同的人格特征，丰富了诗文寓意。朗诵时要注意诗句的情调、韵味，把握好节奏、韵律，表达出作者坚定的理想信念。

垂柳与白杨

唐　弢

在春天里我爱繁枝密叶的垂柳。

试设想溪边湖畔,当黄昏推出新月,水面浮上薄雾的时候,有三两柔条,在银光里飘拂,且不说栖莺系马,曾绾住离人多少相思,只看她泪人儿似的低头悄立,恰像有一腔冤抑,待向人细诉。

你曾为她的沉默而动心吗?

在秋天里我又爱萧萧的白杨。他是个出色的歌者。风前月下,拖着瘦长的身影,似流浪的诗人,向荒原踯躅,独个儿与地下人为邻。兴来时引吭高歌,更无须竖琴洞箫,有墙下的促织与田间的络纬相和。你不听见那曲子吗?郁勃苍凉,如猿鸣狐啼,聆余音哀转,小楼一角,正有人潸然泪下哩。

你的眼角湿了,是为他的孤独吗?

阅读提示:本篇散文诗作者选取"垂柳"和"白杨"这两种古典意象作为描写对象,刻画的是"垂柳"和"白杨",更是人间引人伤情的离别场面:"只看她泪人儿似的低头悄立,恰像有一腔冤抑,待向人细诉。""小楼一角,正有人潸然泪下哩。"在诗人笔下,"垂柳"象征苗条的女性,"白杨”象征高大的男性，春秋两季场景的特写式刻画，寄寓了人间的离别之情。全篇构思别致，诗意浓郁。朗诵时要注意体会篇中的古典意境，做到诗意化诵读。

荔枝蜜

杨　朔

花鸟草虫,凡是上得画的,那原物往往也叫人喜爱。蜜蜂是画家的爱物,我却总不大喜欢。说起来可笑。孩子时候,有一回上树掐海棠花,不想叫蜜蜂螫了一下,痛得我差点儿跌下来。大人告诉我说:蜜蜂轻易不螫人,准是误以为你要伤害它,才螫;一螫,它自己耗尽生命,也活不久了。我听了,觉得那蜜蜂可怜,原谅它了。可是从此以后,每逢看见蜜蜂,感情上疙疙瘩瘩的,总不怎么舒服。

今年四月,我到广东从化温泉小住了几天。四围是山,怀里抱着一潭春水,那又浓又翠的景色,简直是一幅青绿山水画。刚去的当晚,是个阴天,偶尔倚着楼窗一望,奇怪啊,怎么楼前凭空涌起那么多黑黝黝的小山,一重一重的,起伏不断?记得楼前是一片比较平坦的园林,不是山。这到底是什么幻景呢?赶到天明一看,忍不住笑了。原来是满野的荔枝树,一棵连一棵,每棵的叶子都密得不透缝,黑夜看去,可不就像小山似的!

荔枝也许是世上最鲜最美的水果。苏东坡写过这样的诗句:“日啖荔枝三百颗,不辞长作岭南人”,可见荔枝的妙处。偏偏我来的不是时候,满树刚开着浅黄色的小花,并不出众。新发的嫩叶,颜色淡红,比花倒还中看些。从开花到果子成熟,大约得三个月,看来我是等不及在从化温泉吃鲜荔枝了。

吃鲜荔枝蜜,倒是时候。有人也许没听说这稀罕物儿吧?从化的荔枝树多得像汪洋大海,开花时节,那蜜蜂满野嘤嘤嗡嗡,忙得忘记早晚,有时还趁着月色采花酿蜜。荔枝蜜的特点是成色纯,养分多。住在温泉的人多半喜欢吃这种蜜,滋养精神。热心肠的同志为我也弄到两瓶。一开瓶子塞儿,就是那么一股甜香;调上半杯一喝,甜香里带着股清气,很有点鲜荔枝味儿。喝着这样的好蜜,你会觉得生活都是甜的呢。

我不觉动了情,想去看看自己一向不大喜欢的蜜蜂。

荔枝林深处,隐隐露出一角白屋,那是温泉公社的养蜂场,却起了个有趣的名儿,叫"养蜂大厦"。正当十分春色,花开得正闹。一走近"大厦",只见成群结队的蜜蜂出出进进,飞去飞来,那沸沸扬扬的情景,会使你想:说不定蜜蜂也在赶着建设什么新生活呢。

养蜂员老梁领我走进"大厦"。叫他老梁,其实是个青年人,举动很精细。大概是老梁想叫我深入一下蜜蜂的生活,小小心心揭开一个木头蜂箱,箱里隔着一排板,每块板上满是蜜蜂,蠕蠕地爬着。蜂王是黑褐色的,身量特别细长,每只蜜蜂都愿意用采来的花精供养它。

老梁叹息似的轻轻说:"你瞧这群小东西,多听话。"

我就问道:"像这样一窝蜂,一年能割多少蜜?"

老梁说:"能割几十斤。蜜蜂这物件,最爱劳动。广东天气好,花又多,蜜蜂一年四季都不闲着。酿的蜜多,自己吃的可有限。每回割蜜,给它们留一点点糖,够它们吃的就行了。它们从来不争,也不计较什么,还是继续劳动、继续酿蜜,整日整月不辞辛苦……"

我又问道:“这样好蜜,不怕什么东西来糟害么?”

老梁说:“怎么不怕?你得提防虫子爬进来,还得提防大黄蜂。大黄蜂这贼最恶,常常落在蜜蜂窝洞口。专干坏事。”

我不觉笑道:“噢!自然界也有侵略者。该怎么对付大黄蜂呢?”

老梁说:“赶!赶不走就打死它。要让它待在那儿,会咬死蜜蜂的。”

我想起一个问题,就问:“可是呢,一只蜜蜂能活多久?”

老梁回答说:“蜂王可以活三年,一只工蜂最多能活六个月。”

我说:“原来寿命这样短。你不是总得往蜂房外边打扫死蜜蜂么?”

老梁摇一摇头说:“从来不用。蜜蜂是很懂事的,活到限数,自己就悄悄死在外边,再也不回来了。”

我的心不禁一颤:多可爱的小生灵啊!对人无所求,给人的却是极好的东西。蜜蜂是在酿蜜,又是在酿造生活;不是为自己,而是在为人类酿造最甜的生活。蜜蜂是渺小的;蜜蜂却又多么高尚啊!

透过荔枝树林,我沉吟地望着远远的田野,那儿正有农民立在水田里,辛辛勤勤地分秧插秧。他们正用劳力建设自己的生活,实际也是在酿蜜——为自己,为别人,也为后世子孙酿造着生活的蜜。

这黑夜,我做了个奇怪的梦,梦见自己变成一只小蜜蜂。

阅读提示:本篇散文诗选自《杨朔散文选》,人民文学出版社1978年版。作者杨朔是在毛泽东文艺思想影响下成长起来的著名作家。作为知识分子的杨朔,学习工农兵,服务工农兵,进而把自己转变成为劳动人民中的一员作为毕生的追求。《荔枝蜜》以“厌蜂——看蜂——

赞蜂——变蜂”的情感线索结构全篇,这实际上表达的正是一代知识分子立志改造自己,并将自己融入劳动人民的感情变化过程。杨朔是当代文坛多次精辟阐述散文诗化理论,并认真实践且形成自己独特风格的作家。杨朔一生为人民抒情,向人民学习,朗诵时注意体会作者对蜜蜂的情感变化。

理想树

徐　迟

你是一株美丽的树。你是一株智慧的树。并且,你是一株与日月俱增其美丽、智慧与生命,是的,生命的树。我原以为你在我这心的贫瘠的泥土上是不能生长的。我原以为你应当是另一个乐园的沃土上的理想树。谁知你竟在我的心上发芽了,生长了。在我心的瘠土上,我植下了一株又一株的树,它们都没有长起来。并没有注意你的顽强的存在,你却在那里默默地伸展着,毫无怨言地茂郁地长起来。我已惊讶地见到你,闪光的你,张开了美丽的华盖,开放了美丽的花朵,结出了智慧的果实,培育着辉耀的理想。我膜拜着你,我的艺术之树。我膜拜着你,我的理想之树。

一九三六年作

阅读提示:本篇散文诗选自《徐迟散文选》,上海文艺出版社1979年版,其中蕴藏着丰富的思想内涵。诗人徐迟在篇中巧妙借助树的形象,采用充满激情的排比句式,充分表达了作者对理想、对艺术的执着追求和对人生的美好向往。诗文简短,且没有分段,但字里行间洋溢着蓬勃的青春活力。朗诵时要注意体会作者的激情与自信。

我仍在路上

严文井

现在我仍然活着，也就是说，仍在路上，仍在摸索。至于还能这样再走多少天，我心中实在没有数。

我仅存一个愿望，我要在到达我的终点前多懂得一点真相，多听见一些真诚的声音。我不怕给自己难堪。

我本来就很贫乏，干过许多错事。

但我的心是柔和的，不久前我还看见了归来的燕子。

真正的人正在多起来。他们具有仁慈而宽恕的心，他们有眼泪，但不为自己哭。

我仍在路上，不会感到孤单。

我也不会失落，因为再也没有地方可以容我失落。

一九九五年六月七日　北京

阅读提示：本篇散文诗选自《严文井选集》，人民文学出版社2015年版，蕴涵丰富、诗意浓郁。作者以自己漫长的人生经历，下笔即直抒胸臆；坦言自己“仍在路上，仍在摸索”；他欣喜地看到“真正的人正在多起来”;希望有生之年“多懂得一点真相,多听见一些真诚的声音”。朴素深沉的语言折射出作者丰富的人生。朗诵时语调要舒缓、深沉、有力,清朗而深情。

翅　膀

丽　砂

春天的翅膀最多、最美,在许多翅膀当中,增加了燕子的、蜜蜂的、蝴蝶的……

春天是翅膀的季节,春天是飞翔的季节。

而且,这些辛勤地飞翔的翅膀都是劳动的翅膀,都是喜爱泥土,喜爱花的翅膀。

在春天,人也会生长起翅膀来。虽然人的翅膀是无形的,但这些无形的翅膀飞得更快、更高,飞得更远、更美……

一九五七年三月十六日　松江

阅读提示:本篇散文诗选自《人民文学》1957年8月号,是献给春天的一曲赞歌。深情表达了作者对春天的"翅膀"的由衷赞美。诗人对生活的观察和感受很特别,那"最多、最美"的"翅膀"的意象也呈递进式的跳跃。文中先写眼中的"翅膀":特别点到了"燕子"是春的使者,"蜜蜂"是勤劳的形象,"蝴蝶"则表示色彩斑斓。接着文意又从"翅膀"跳跃到"飞翔":意象的范围更宽更广,具象飞向更广阔的时空。然后,又跳跃到“这些辛勤地飞翔的翅膀都是劳动的翅膀”。最后，全诗完成更深沉、更有力的跳跃：“在春天，人也会生长起翅膀来。……”至此，全诗的寓意跳跃到祖国的腾飞和人民的奋进上，抒发了生活在火红的年代的人们对美好未来的无限憧憬。朗诵时要注意象征手法的运用和多个意象的层层递进。

白蝴蝶之恋

刘白羽

春意甚浓了，但在北方还是五风十雨，春寒料峭，一阵暖人心意的春风刚刚吹过，又来了一片沁人心脾的冷雨。

我在草地上走着，忽然，在鲜嫩的春草上看到一只雪白的蝴蝶。蝴蝶给雨水打落在地面上，沾湿的翅膀轻微地簌簌颤动着，张不开来。它奄奄一息，即将逝去。但它白得像一片小雪花，轻柔纤细，楚楚动人，多么可怜呀！

她从哪儿来？要飞向哪儿去？我痴痴望着它。忽然像有一滴圣洁的水滴落在灵魂深处，我的心灵给一道白闪闪的柔软而又强烈的光照亮了。

我弯下身，小心翼翼地把白蝴蝶捏起来，放在手心里。

这已经冷僵了的小生灵发蔫了，它的细细的足脚动弹了一下，就歪倒在我的手中。

我用口呵着气，送给它一丝丝温暖，蝴蝶渐渐苏醒过来。它是给刚才那强暴的风雨吓懵了吧？不过，它确实太纤细了。你看，那白茸茸的像透明的薄纱的翅膀，两根黑色的须向前伸展着，两点黑漆似的眼睛，几乎像丝一样细的脚。可是，这纤细的小生灵，它飞翔出来是为了寻觅什么呢？在这阴晴不定的天气里，它表现出寻求者何等非凡的勇气。

它活过来了，我竟感到无限的喜悦。

这时，风过去了，雨也过去了。太阳用明亮的光辉照满人间，一切都那样晶莹，那样明媚，树叶由嫩绿变成深绿了，草地上开满小米粒那样黄的小花朵。我把蝴蝶放在盛满阳光的一片嫩叶上，我向草地上漫步而去了。但我的灵魂里在呐喊——开始像很遥远、很遥远……我还以为天空中又来了风、来了雨，后来我才知道就在我的心灵深处：你为什么把一个生灵弃置不顾？……于是我折转身又走回去，又走到那株古老婆娑的大树那儿。谁知那只白蝴蝶缓缓地、缓缓地在树叶上蠕动呢！我不惊动它，只静静地看着。阳光闪发着一种淡红色，在那叶片上颤悸、燃烧，于是带来了火、热、光明、生命，雨珠给它晒干了，风沙给它扫净了，那树叶像一片绿玻璃片一样透明、明亮。

我那美丽的白蝴蝶呀！我那勇敢的白蝴蝶呀！它试了几次，终于一跃而起，展翅飞翔，活泼伶俐地在我周围翩翩飞舞了好一阵，又向清明如洗的空中冉冉飞去，像一片小小的雪花，愈飞愈远，消失不见了。

这时，一江春水在我心头轻轻地荡漾了一下。在白蝴蝶危难时我怜悯它，可是当它真的自由翱翔而去时我又感到如此失落、怅惘，“唉！人呵人……”我默默伫立了一阵，转身向青草地走去。

阅读提示：本篇散文诗以细腻的笔触表达了作者对生命的无比珍爱和无限依恋。篇中描写一只“勇敢的白蝴蝶”以对生命的抗争唤醒作者对自然界生命的关注，歌颂了生命需要温暖，生命回归自然，生命战胜死亡的人类最高的感情。全文先写作者目中所见，次写作者心中所思，再写作者亲身所为。朗诵时要以讲故事的语调吟诵出作者关注生命，感召生命的情怀。

珍珠与蚌

莫　洛

一颗珍珠！

它原来就是一粒砂，——你是知道的。一粒砂，只不过由于一个偶然的机缘，它掉入蚌壳里；它不知道自己的棱角，自己的坚硬。可是却给蚌带来了痛苦，——你可以想象：一片灰屑飞进你的眼睛，你会有着如何的一种感觉。——于是蚌要挤出它，或者消灭它；然而它没有被挤出，也不会消灭，它钉在蚌壳里面，永远给蚌以痛苦。于是在无可奈何之中，蚌以它的唇，以它的肌肉，磨它，舐它，卷动拭擦它，而且也以唾沫洗它，浸它，润滑它。大海的时间在浪涛的呼啸中过去……。悠长的时间过去了，砂没有离开蚌，却改变了：它变成圆润，光滑，坚硬，半透明，泛着淡淡的暗光，一种永恒不变的光泽。

哦，一颗珍珠完成了。

一颗珍珠？不，它本质上是一粒砂；但它却已成为一颗不变色泽的珍珠了。

是永恒的光泽，不变的光泽；但它有着它自己的砂的土色，只不过它会闪柔和而美丽的光，闪朴素而真实的光。

但它已有永久的价值了。

请你记取:从一粒砂到一颗珍珠的过程。

可是你也会这样想着吧:砂,它并不是立意要变成一颗珍珠,所以它才向蚌的怀里投入,把生命的光辉求助于蚌;它在投入蚌壳之前和之后都没有想到,然而却于无意中给了它以成为珍珠的机缘了。

你也会这样想着吧:蚌,它并非有心要制造一颗珍珠,它根本没有发现自己惊人的天才;也并非愿意和痛苦作伴,它坚执的生命却一心想排除痛苦,排除给它以不要的刺激的砂粒;然而在斗争的过程中,它却连自己也难以置信:一颗世间罕异的珍珠已由它完成了!

采珠的人将珠采去,将蚌壳搁弃在海滩上;蚌虽死,衷心却是得到安慰了。

然而你会知道:世界上,砂多,珍珠是很少的;浅海中,许多蚌都因时间给它的衰老而腐烂了肉;而完成珍珠的蚌却是不多的。

于是我想起你来了。

我说:让你的生命的唇坚执地舐咀着痛苦,你来完成珍珠一样的人生,永恒的光泽。

……我说了珍珠和蚌,但我希望你接着就能想到:人,时代和生命的真实。

阅读提示:本篇散文诗选自1946年6月1日《文艺复兴》第1卷第5期。诗人通过描写蚌与砂痛苦肉搏形成珍珠的过程,形象地表达人们在生活中应该如何对待苦难的正确态度。诗人工笔细描了“蚌”在痛苦磨难中的坚韧品格。由此,诗人由“珍珠和蚌”想到“人,时代和生命的真实”,进而把读者的思索引向更深广的社会人生。全篇以精确的形象描绘和夹叙夹议的表现手法引人共鸣,以寓言式的哲理发人深省。朗诵时要准确区分与把握篇中的叙述语言与议论语言。

春日序曲

陈敬容

少年时，读到“陌头杨柳黄金色”那样的诗句，总觉得不可理解，以后经历了许多春秋，见到了各色的三春杨柳，细细观察之后，才明白柳树在绿叶纷披之前，的确是首先萌发出黄色叶芽，远远望去，正是一片金黄，过些日子，叶芽才逐渐变为嫩绿、浅绿以至浓绿，而当它们长条低垂、绿叶成荫之时，春天也就接近尾声，快要进入夏季了。

当杨柳回黄转绿之际，在人们不知不觉中间，大自然仿佛一夜就染上了丰富的色彩，连原先穿着厚重冬装的松柏，也更加苍翠起来。

首先展现出笑容的是迎春花，在它们的殷勤催请下，玉兰擎起了莹白的或紫红的杯盏，过不了几天，白色紫色的丁香又在枝头缀满了宝石般的花球，高高的西府海棠，也绽开了端庄、典丽的笑颊……

春天是多情的，也是无情的。只要来几阵狂风，就会使处处花叶委地。连日的风沙，不是已经把最美丽的西府海棠打落不少了吗？

阅读提示：本篇散文诗通过“柳”的颜色变迁和迎春、玉兰、丁香、海棠的次第开放，向读者渲染了三春景色，尽现了春的芳姿，一个鸟语花香的多彩春天如在眼前。全篇语言凝炼，富有色彩感和韵律感。朗诵时要通过恰到好处的朗诵，向听者呈现本篇散文诗的语言特点。

叶　笛

郭　风

啊,故乡的叶笛。

那只是两片绿叶。把它放在嘴唇上,于是像我们的祖先一样,

吹出了对于乡土的深沉的眷恋,吹出了对于故乡景色的激越的赞美,

吹出了对于生活的爱,吹出了自由的歌,劳动的歌,火焰似的燃烧着的青春的歌……

像民歌那么朴素。

像抒情诗那么单纯。

比酒还强烈。

啊,故乡的叶笛。

那只是两片绿叶。把它放在嘴唇上,于是从肺腑里,从心的深处,

吹出了劳动的胜利的激情,吹出了万人的喜悦和对于太阳的赞歌,

吹出了对于人民的权力的礼赞,吹出光明的歌,幸福的歌,太阳似

的升在空中的旗帜的歌！

那笛声里，有故乡绿色平原上青草的香味，有四月的龙眼花的香味，

有太阳的光明。

写于一九五七年

阅读提示：本篇选自《叶笛集》，作家出版社1959年版，以山寨农村里常见的叶笛为吟咏对象，深情表达了作者对乡土的眷恋、对故乡的赞美、对生活的热爱、对时代的颂歌。诗文想象丰富、语势酣畅、诗意盎然；全篇贴切运用排比、移情、通感等手法，毫无牵强痕迹。在诗人笔下，两片绿叶，把它放在嘴唇上，发出来的美妙动听的笛声，可以听，可以嗅，还可以看；作者既注意了美感、想象和抒情的展开，更注意到自然事物引起的情绪的交流、感应，因而一经诵读，就会引起读者的情感共鸣。朗诵时要注意体现这种情感传递。

松坊溪的冬天

郭　风

松坊溪

我曾经在松坊村住过好些日子。这是南方的高山地带的一个小山村。

四面是山，是树林，是岩石。有两条山涧从东、西两面的山垄里流出来，在村前会合起来，又向南流去。这便是松坊溪。

这是一条多么好的溪涧。溪上有一座石桥。溪中有好多大溪石。那溪石多么好看，有的像一群小牛在饮水，有的像两只狮睡在岸边，有的像几只熊正准备走上岸来。

溪底有好多鹅卵石。那鹅卵石那么好看，有玛瑙红的，有松青的，有带着白色条纹、彩色斑点的。还有蓝宝石般发亮的鹅卵石。

溪水多么清。溪中照着蓝天的影子，又照着桥的影子；照着蓝天上浮游的云絮的影子，又照着山上松树林的影子。秋天里，蓝色的雏菊在岸边开放，溪中的流水照亮她们的影子，要是四月来了，山上全是火红的杜鹃花。那时，溪中映照着杜鹃花的燃烧的彩霞般的影子。

我每天都要经过溪上的石桥，听见桥下的溪水声，唱得真快乐。日光照在溪中。我常常觉得这是一条发亮的、彩色的溪。

一

冬天一天比一天走近来了。山上的松树林，还是青翠的。山上的竹林子，还是碧绿的。天是蓝的。立冬节以来，一直出好太阳。日光是金色的。

松坊溪岸边一丛一丛的蒲公英，他们带着白绒毛的种子，在风中飘，在风中飞扬。蒲公英在向秋天告别么?

冬天一天比一天走近来了。松坊溪岸边一丛一丛的雏菊，她们还在开放蓝色的花。

而山上的枫树，在前些日子里，满树全是花般的红叶，全是火焰般在燃烧的红叶，忽地全都飘落了。

看呵，看呵，在高大的枫树上，在枫树的赤裸的高枝间，挂着好多带刺的褐色果实。在枫树和枫树的中间，看呵，看呵，还有几棵高大的树，在赤裸的高枝间，挂着那么多的橙色果实，那么多小红灯般的果实，这是山上的野柿成熟了。

我忽地想到，这是枫树、野柿树携带满枝的果实，在迎接寒冬的到来。

二

下雪了。

雪降落在松坊村了。

雪降落在松坊溪上了。

雪降落下来了,像柳絮一般的雪,像芦花一般的雪,像蒲公英的带绒毛的种子在风中飞,雪降落下来了。

雪降落在松坊溪上了。像芦花一般的雪,降落在溪中的大溪石上和小溪石上,那溪石上都覆盖着白雪了。

好像有一群白色的小牛,在溪中饮水了,好像有几只白色的熊,正准备从溪中冒雪走到覆雪的溪岸上了。

好像溪中生出好多白色的大蘑菇了。

雪降落在松坊溪的石桥上了。像柳絮一般的雪,像蒲公英的飞起来的种子般的雪,纷纷落在石桥上。桥上都覆盖着白雪了:

好像有一座白玉雕出来的桥,搭在松坊溪上了。

三

又下了一场冬雪,早晨,雪止了。村子的屋顶上,稻草垛和篱笆上,拖拉机站的木棚上,都披着白雪。

山上的松树林和竹林子,都披着白雪。那高高的枫树和野柿树,他们的树干、树枝上都披着白雪。

远山披着白雪。石桥披着白雪。溪石披着白雪。从石桥上走过时,我停住了。我听见桥下的溪水,正在淙淙地流着。我看见溪中映照着远山的雪影,映照着石桥和溪石的雪影。我看见溪中有一个水中的、发亮的白雪世界。

当我要从桥上走开时,我看见桥下溪中的白雪世界间,有一群彩色的溪鱼,接着又有一群彩色的溪鱼,穿过桥洞,正在游来游去。

忽地，我看见那成群游行的彩色溪鱼，一下子都散开了，向溪石的洞隙间游去，都看不见了。忽地，彩色的溪鱼又都游出来了，又集合起来，我又看见一群又一群彩色的溪鱼，穿过一个照耀在溪水中间的、明亮的白雪世界，向前游过去了。

阅读提示：本篇作者以简练而又复沓的笔法，截取松坊溪的冬天雪落时和雪止后的景象，为读者勾勒出一幅山村瑞雪图，表达了作者热爱山村热爱自然的思想感情。全文开篇展现给读者的是一幅生机盎然的迎冬图：入冬了，但松树林、竹林、蒲公英、雏菊、枫树和野柿树并没有萧条的迹象。第二部分描写雪天的雪景。比喻雪落下时像柳絮、像芦花、像蒲公英，冬天也就因此而身兼四季了。但冬天自有冬天的美，小牛是白色的，熊是白色的，大蘑菇也是白色的，石桥同样是白色的。第三部分描写雪止后的松坊溪有如童话般瑰丽神奇。全篇构思巧妙，描写生动，节奏有致，具有音乐美。朗诵时要吟诵出悠扬悦耳的效果。

彩蝶树

秦　牧

人们常以赞美之笔，描绘南国的鲜花。可是，洋紫荆——原名“羊蹄甲”的花，却常常被人所忽略，这大概是因为它既不是草本植物，又不是灌木盆栽，而是生长在乔木上的缘故？是因为年宵花市上，从来没有人摆卖这种花？是因为在广州，它不过是极为寻常的街道树？尽管如此，洋紫荆仍不失为南国一种极为出色的鲜花。站在紫荆树下，但见一树繁花，宛如千万彩蝶云集，好像走进了梦幻境界，也令人禁不住想起云南驰名四方的蝴蝶泉……

洋紫荆的花和叶长得十分有趣。它的花有五片花冠，四片对称地分裂两侧，一片翘起在上方，布满色调颇浓的彩斑，很像兰花的花舌，因此有人称它为“兰花树”。三色堇在南方被人叫作“蝴蝶花”，其实，这顶桂冠戴在豆科植物洋紫荆的头上，也是合适的。

不知道洋紫荆有几个不同花色种类的人，每每以为它们不断在变幻着颜色，像被称作“娇容三变”的木芙蓉似的。他们哪里知道，这是紫荆树的家族，为了献出色彩缤纷的鲜花而进行着接力赛跑哩！你看，从隆冬到暮春，洋紫荆陆续开花，紫色、红色、粉红色，次第开放，要足足闹腾好几个月。最先开花的是紫色那一种，花期竟是在寒风凛冽的春节前夕，和炮仗花、梅花同时绽开花蕾。它着实可以称得上是南国的报春使者！

紫荆树的叶子也非常有趣，就像它的本名羊蹄甲所显示的那样，仿佛羊蹄一样，每片叶子都毫无例外，是由腰子形的对称的两面合成的，末端凹了进去，把它折拢起来，简直像是一只绿色的蝴蝶，又像两个形影不离的好朋友。于是有人又给紫荆起了一个诨名，叫作“朋友树”。

在高纬度地方，人们大概是看不到这种洋紫荆的。我有一个朋友，由于喜爱这种花树，特意起了个带“荆”字的名字，抗日战争时期，他北上延安参加革命，后来牺牲了。他的妹妹回南方省亲的时候，特意采了洋紫荆的几片叶子和花朵，夹在书里带回北方，好让孩子们知道“荆”字的来历，生命本应该这样地繁花似锦呵！

在紫荆盛开的时候，我很喜欢站在树下，闻闻它的幽香，端详它那一串串彩蝶似的花朵，观赏它那对称得出奇的羊蒂般的叶子。清风吹来，落英缤纷，花瓣撒满了头、肩，我也不想拂掉它，心中禁不住引起一串遐想：在古老的年代，有这么一对侠义的朋友，一个为崇高的目标牺牲了。另一个也奋起斗争，用慷慨壮烈的死为人民纾难，为至友复仇。他们死后被葬在一起，埋骨的地方就长出这么一株紫荆树——朋友树来，每片叶子都互相对称，五彩缤纷的蝴蝶也成群飞来凭吊，不愿离去……

这样生死与共、肝胆相照的友谊，这样动人的故事，人世间，生活里是的确存在的，它值得讴歌，并且令人想到可以编出一个美丽的童话。

站在满树蝴蝶的紫荆树下，我不禁想入非非了。

阅读提示：本篇选自《文学随笔精品大展》，上海文化出版社。作者以“紫荆树”为描写对象，但主要描述的是它的花和叶以及与紫荆树有关联的故事。赞美紫荆树是极为寻常但又极为出色的一种树，不但是为南国报春的树，还是不折不扣、“生死与共，肝胆相照”的“朋友树”。全篇多处采用拟人的手法，把紫荆树写成人类的朋友。朗诵时要以深情和赞扬的口吻朗读。

春天的声音

张秀亚

你听到过春天的声音吗？

春天的可爱之处，不仅在于它的颜色，更在于它的声音。

那是雨落窗棂的微响，轻风对你的呼唤，以及从小径上、花园的角落里发出的一些细碎的声音；甚至一个小孩子响亮的口哨儿，都会成为春之交响中动人的部分。

然而，在我的心底，春天最美妙的声音却是鹧鸪的呼唤。断续的、一声声，似是嗔怨，又似是喜悦。

记得在古城读书时，窗外那鹧鸪的鸣叫，是来自不远处的湖滨以及附近的小树林。一声声，又一声声，渐渐地叫得窗子发白了、变亮了。于是，我就起身打开门窗，让那芳香带露的春的早晨，连同早晨第一次听到的声音，一同拥了进来。那声音，带着花草湿湿的味道，我整个儿的灵魂都浸润其中，宛如接受了一份上天的恩赐。

如今，哪里还会有这种声音呢？这窒息了的，喑哑了的都市的春天啊。我终日伫立窗前，除了充盈于耳的车声、人声、市声，却再也听不到那朦胧的、不分明的、包裹着浓雾一般的鹧鸪声了。

今天走过一条小河，水流无声，河畔的杜鹃花就像倾泻的紫烟。

我蹲下身拾起地上的花瓣儿，这时，我听到了一声春天的叹息，那么细小、那么微弱的声音。我感到一阵喜悦，哪怕是叹息呢，毕竟，我又听到了春天的声音。

如果说，鹧鸪的呼唤，是春天绿色的海洋中翻腾的泡沫；那落花的叹息，就是缥缈在春晖里细弱的游丝。一个代表着春天的到来，一个意味着春天的离去。

到来也好，离去也罢，那些声响，都是我记忆里的春天。我要把它们留住，留在我的园中、窗外、阶前，更要把它们，留在我的心中。哪怕在未来的岁月里，凄寒的冬日来了，我也仍然拥有一个春天——一个冬天里的春天。

阅读提示：本篇散文诗赞美“春天的声音”，从标题到文字都给人耳目一新之感。当代作家们写春天往往会写到春色、春花、春雨，极少有人会想到要写春天的声音。冬去春来之时，来自自然界的声音对于处在休眠状态的动植物无疑有着唤醒的作用，经过漫漫寒冬的人们也需要这种唤醒。在作者看来，那“鹧鸪的呼唤”，标志着春天已到来，那“落花的叹息”，意味着春天已离开。到来也好，离去也罢，这春天的声音是要长留在人们的心中的。朗诵时要注意准确表达作者对“春天的声音”的依恋情绪。

燕　子

柯　蓝

一对黑色的燕子,撞在我的玻璃窗上。我连忙把窗子打开,这一对小客人,却又忽然不见了。窗外是一片绿色的春天……

我在窗口等着,等待这春天的使者,这幸福的使者。我的心也在发芽,也像迎着春风的嫩叶,在枝头上无穷地眺望。

燕子终于又回来了,衔着泥草,忙忙碌碌地飞来飞去,在我的房角上,造起一只白色的小房子。一会儿,它们又出去了,又回来了,并且吱吱地叫着,仿佛它们在这新地方发现了工场,找到了工作,在向我报告它们的快乐……

接着,它们又出去了。不知道从什么地方,衔来了一条又肥又绿的虫子,它们就饱饱地吃了一顿……

吃完了,它们在窗外唱了一会儿歌,又到它们的工场去了。这中间也回来过一两次,不是衔着泥沙,就是抬着树枝……

燕子,燕子,我知道你是在劳动中,才变得如此矫捷的!也知道你是在劳动中,吸取了太阳的光亮,才使你黑色的羽毛变得如此闪亮的。甚至你那火红的嘴唇,也是涂上了太阳的颜色,才变得如此艳丽的!啊,你是春天的使者,劳动的使者呵……

阅读提示：本篇作者对寻常可见的燕子进行了工笔细描，赞美燕子是“春天的使者”，是“劳动的使者”！作者以迎接春天的心态，从发现“燕子”、守候“燕子”、观察“燕子”，到深情赞美“燕子”；在守候和观察时，作者看到了小燕子欢快的劳动场面：燕子“忙忙碌碌地飞来飞去”，“造起一只白色的小房子”；燕子整日“不是衔着泥沙，就是抬着树枝”，作者还发现，原来燕子不是贪玩，而是一直在忙碌着创造自己的美好生活！最终作者发出了由衷的赞美。全篇文字不长，却是一篇语言优美、含意隽永的散文诗。朗诵时注意准确表达作者喜悦和赞美的心情。

春 风

林斤澜

北京人说:“春脖子短。”南方来的人觉着这个“脖子”有名无实,冬天刚过去,夏天就来到眼前了。

最激烈的意见是:“哪里会有什么春天,只见起风、起风,成天刮土、刮土,眼睛也睁不开,桌子一天擦一百遍……”

其实,意见里说的景象,不冬不夏,还得承认是春天。不过不像南方的春天,那也的确。褒贬起来着重于春风,也有道理。

起初,我也怀念江南的春天,“暮春三月,江南草长,杂花生树,群莺乱飞。”这样的名句是些老窖名酒,是色香味俱全的。这四句里没有提到风,风原是看不见的,又无所不在的。江南的春风抚摸大地,像柳丝的飘拂;体贴万物,像细雨的滋润。这才草长,花开,莺飞……

北京的春风真就是刮土吗?后来我有了别样的体会,那是下乡的好处。

我在京西的大山里、京东的山边上,曾数度“春脖子”。背阴的岩下,积雪不管立春、春分,只管冷森森的,没有开化的意思。是潭、是溪、是井台还是泉边,凡带水的地方,都坚持着冰块、冰砚、冰溜、冰碴……一夜之间,春风来了。忽然,从塞外的苍苍草原、莽莽沙漠,滚滚而来。从关外扑过山头，漫过山梁，插山沟，灌山口，呜呜吹号，哄哄呼啸，飞沙走石，扑在窗户上，撒拉撒拉，扑在人脸上，如无数的针扎。

轰的一声，是哪里的河冰开裂吧。嘎的一声，是碗口大的病枝刮折了。有天夜间，我住的石头房子的木头架子，格拉拉、格拉拉响起来，晃起来。仿佛冬眠惊醒，伸懒腰，动弹胳臂腿，浑身关节挨个儿格拉拉、格拉拉地松动。

麦苗在霜冰里返青了，山桃在积雪里鼓苞了。清早，着大靸鞋，穿老羊皮背心，使荆条背篓，背带冰碴的羊粪，绕山嘴，上山梁，爬高高的梯田，春风呼哧呼哧地帮助呼哧呼哧的人们，把粪肥抛撒匀净。好不痛快人也。

北国的山民，喜欢力大无穷的好汉。到了喜欢得不行时，连捎带来的粗暴也只觉着解气。要不，请想想，柳丝飘拂般的抚摸，细雨滋润般的体贴，又怎么过草原、走沙漠、扑山梁？又怎么踢打得开千里冰封和遍地赖着不走的霜雪？

如果我回到江南，老是乍暖还寒，最难将息，老是牛角淡淡的阳光，牛尾蒙蒙的阴雨，整天好比穿着湿布衫，墙角落里发霉，长蘑菇，有死耗子味儿。

能不怀念北国的春风！

一九八〇年四月

阅读提示：本篇散文诗作者用比拟手法，以北京人和南方人对春天的不同感受开篇。全文先是欲扬先抑，赞美南国春风的温柔，表达对江南春天的怀念。继而作者结合自身经历直抒胸臆地大写北国春风的豪放与雄劲的气势,既与南国的春风形成鲜明对比,又表达出对北国春风的高度赞美。朗诵时要准确表达出作者对温婉的南国春风的怀恋和对雄浑的北国春风力赞的情感。

绵绵土

牛　汉

那是个不见落日和霞光的灰色的黄昏。天地灰得纯净，再没有别的颜色。

踏上塔克拉玛干大沙漠，我恍惚回到了失落了多年的一个梦境。几十年来，我从来不会忘记，我是诞生在沙土上的。人们准不信，可这是千真万确的。我的第一首诗就是献给从没有看见过的沙漠。

年轻时，有几年我在深深的陇山山沟里做着遥远而甜蜜的沙漠梦，不要以为沙漠是苍茫而干涩的，年轻的梦都是甜的。由于我家族的历史与故乡走西口的人们有说不完的故事，我的心灵从小就像有着血缘关系似的向往沙漠，我觉得沙漠是世界上最悲壮最不可驯服的野地方。它空旷得没有边沿，而我向往这种陌生的境界。

此刻，我真的踏上了沙漠，无边无沿的沙漠，仿佛天也是沙的，全身心激荡着近乎重逢的狂喜。没有模仿谁，我情不自禁地五体投地，伏在热的沙漠上。我汗湿的前额和手心，沾了一层细细的闪光的沙。

半个世纪以前，地处滹沱河上游苦寒的故乡，孩子都诞生在铺着厚厚的绵绵土的炕上。我们那里把极细柔的沙土叫做绵绵土。“绵绵”是我一生中觉得最温柔的一个词，辞典里查不到，即使查到也不是我说的意思。孩子必须诞生在绵绵土上的习俗是怎么形成的，祖祖辈辈的先人从没有解释过，甚至想都没有想过。它是圣洁的领域，谁也不敢亵渎。它是一个无法解释的活神话。我的祖先们或许在想：人，不生在土里沙里，还能生在哪里？就像谷子是从土地里长出来一样的不可怀疑。

因此，我从母体降落到人间的那一瞬间，首先接触到的是沙土，沙土在热炕上焙得暖呼呼的。我的润湿的小小的身躯因沾满金黄的沙土而闪着晶亮的光芒，就像成熟的谷穗似的。接生我的仙园姑姑那双大而灵巧的手用绵绵土把我抚摸得干干净净，还凑到鼻子边闻了又闻，“只有土能洗掉血气。”她常常说这句话。

我们那里的老人们都说，人间是冷的，出世的婴儿当然要哭闹，但一经触到了与母体里相似的温暖的绵绵土，生命就像又回到了母体里安生地睡去一般。我相信，老人们这些诗一样美好的话，并没有什么神秘。

我长到五六岁光景，成天在土里沙里厮混。有一天，祖母把我喊到身边，小声说：“限你两天扫一罐绵绵土回来！”“做什么用？”我真的不明白。

“这事不该你问。”祖母的眼神和声音异常庄严，就像除夕夜里迎神时那种虔诚的神情，“可不能扫粗的脏的。”她叮咛我一定要扫聚在窗棂上的绵绵土，“那是从天上降下来的净土，别处的不要。”

我当然晓得，连麻雀都知道用窗棂上的绵绵土扑棱棱地清理它们的羽毛。

两三天之后我母亲生下了我的四弟。我看到他赤裸的身躯，红润润的，是绵绵土擦洗成那么红的。他的奶名就叫“红汉”。

绵绵土是天上降下来的净土。它是从远远的地方飘呀飞呀地落到我的故乡的。现在我终于找到了绵绵土的发祥地。

我久久地伏在塔克拉玛干大沙漠的又厚又软的沙上，百感交集，悠悠然梦到了我的家乡，梦到了与母体一样温暖的我诞生在上面的绵绵土。

我相信故乡现在还有绵绵土，但孩子们多半不会再降生在绵绵土上了。我祝福他们。我写的是半个世纪前的事，它是一个远古的梦。但是我这个有土性的人，忘不了对故乡绵绵土的眷恋之情。原谅我这个痴愚的游子吧！

一九八八年十月

阅读提示：本篇散文诗选自《绵绵土》，天天出版社2013年版。作者围绕“绵绵土”展开回忆，讲述了生命与母体、人与故土之间难以割舍的精神、情感联系，表达了游子对故乡及其古老习俗深深的爱恋。文中通过叙写自己“久久地伏在塔克拉玛干大沙漠的又厚又软的沙上”，寄情于塔克拉玛干沙漠，寄托着作者的寻根情怀。白描手法的运用，朴素地表达了古老的中华民族悠久的传统文化如绵绵土一样源远久长。朗诵时要注意体会作者对博大精深的中华传统文化的眷恋情怀。

瞳　孔

屠　岸

幼小的时候，我爱看母亲的瞳孔，那瞳孔里有一个孩子的脸，那就是我自己。

年轻的时候，我爱看爱人的瞳孔，那瞳孔里有一个青年的脸，那就是我自己。

母亲瞳孔里的孩子常常笑，笑得那么傻气。

爱人瞳孔里的青年也常常笑，笑得那么傻气。

如今，我想再看母亲的瞳孔，母亲已经不在了。

如今，我想再看爱人的瞳孔，妻子已经衰老了。

我努力睁眼去看妻子的瞳孔，却看不见任何人的面孔，因为我的眼睛已经昏花了。

有一个声音说，何必睁眼呢？把眼睛闭上吧。

我闭上眼睛。

顿时，我看见了母亲的瞳孔，那瞳孔里有一个孩子的笑脸，那就是我自己。

顿时，我看见了爱人的瞳孔，那瞳孔里有一个青年的笑脸，那就是我自己。

我看见母亲的瞳孔对我笑，笑得那么慈祥。

我看见爱人的瞳孔对我笑，笑得那么美丽。

于是，我也笑了，笑得那么傻气。

阅读提示：本篇散文诗选自《屠岸诗文集》，人民文学出版社2017年版。作者通过“幼小”和“年轻”的时候两个不同时段对母亲和爱人的瞳孔的观察与回忆，表达了对“慈祥”的母亲与“美丽”的爱人的无限亲情。而“如今”，“母亲不在了”，“妻子已经衰老了”，“我的眼睛已经昏花了”，但时间并没有带走“我”的真情记忆，当“我闭上眼睛”，仍然从母亲的瞳孔里看到她的“慈祥”，从爱人的瞳孔里发现她的“美丽”。简朴的语言，深情的表达，复沓回环的修辞，平添了诗文的童真与童趣。朗诵时要注意准确表达这种情趣。

乡梦不曾休

黄永玉

我为曾在那里念过书的凤凰县文昌阁小学写过一首歌词，用外国古老的名歌曲子配在一起，于是孩子们就唱起来了。昨天听侄儿说，我家坡下的一个八九岁的女孩抱着弟弟唱催眠曲的时候，也哼着这支歌呢！

歌词有两句是：

“无论走到哪里，都把你想望。”

这当然是我几十年来在外面生活对于故乡的心情。也希望孩子们长大到外头工作的时候，不要忘记养育过我们的深情的土地。

我有时不免奇怪，一个人怎么会把故乡忘记呢？凭什么把她忘了呢？不怀念那些河流？那些山岗上的森林？那些长满羊齿植物遮盖着的井水？那些透过嫩绿树叶的雾中的阳光？你小时的游伴？唱过的歌？嫁在乡下的妹妹？……未免太狠心了。

故乡是祖国在观念和情感上最具体的表现。你是放在天上的风筝，线的另一端就是牵系着心灵的故乡的一切影子。唯愿是因为风而不是你自己把这根线割断了啊！……

家乡的长辈和老师们大多不在了，小学的同学也已剩下不几个，我生活在陌生的河流里，河流的语言和温度却都是熟悉的。

我走在五十年前(半个世纪，天哪!)上学的路上，石板铺就的路。我沿途嗅闻着曾经怀念过的气息，听一些温暖的声音。我来到文昌阁小学，我走进二年级的课堂，坐在自己的座位上：

“黄永玉，六乘六等于几?”

我慢慢站了起来。课堂里空无一人。

一九八二年六月十九日　凤凰

阅读提示：本篇散文诗选自1986年《光明日报》。作者通过对自己小学生活的回忆，表达了自己对家乡浓浓的思念以及对祖国的无比热爱。全篇开门见山地以作者写给“文昌阁小学”的一首歌词中的两句“无论走到哪里，都把你想望”表达了这种思念；接着又以形象的“风筝”为喻，点出故乡就是“线的另一端”。最后，全篇收笔在作者走在“石板铺就的路”上，回到当年的“课堂”，老师的一句提问，引得“我慢慢站了起来”。这是多么真切的乡音！这是多么温暖的乡情！朗诵时要深情朗读，注意营造作者深深怀念故乡的情境。

筏 子

袁 鹰

黄河滚滚。即使这儿只是上游,还没有具有一泻千里的规模,但它那万马奔腾、浊浪排空的气概,完全足以使人胆惊心悸。

大水车在河边缓缓地转动着,从滔滔激流里吞下一木罐一木罐的黄水,倾注进木槽,流到渠道里去。这是兰州特有的大水车,也只有这种比二层楼房还高的大水车,才能同面前滚滚大河相称。

像突然感受到一股强磁力似的,岸上人的眼光被河心一个什么东西吸引住了。那是什么,正在汹涌的激流里鼓浪前进?从岸上远远望去,那么小,那么轻,浮在水面上,好像只要一个小小的浪头,就能把它整个儿吞噬了。

啊,请你再定睛瞧一瞧吧,那上面还有人哩。不只一个,还有一个……一,二,三,四,五,六,一共六个人!这六个人,就如在湍急的黄河上贴着水面漂浮。

这就是黄河上的羊皮筏子!

羊皮筏子,过去是听说过的。但是在亲眼看到它之前,想象里的形象,总好像是风平浪静时的小艇,决没有想到是乘风破浪的轻骑。

十只到十二只羊的体积吧,总共能有多大呢?上面却有五位乘客和一位艄公，而且在五位乘客身边，还堆着两只装得满满的麻袋。

岸上看的人不免提心吊胆，皮筏上的乘客却从容地在谈笑，向岸上指点什么，那神情，就如同坐在大城市的公共汽车里浏览窗外的新建筑。而那位艄公，就比较沉着，他目不转睛地撑着篙，小心地注视着水势，大胆地破浪前行。

据坐过羊皮筏子的人说，第一次尝试，重要的就是小心和大胆。坐在吹满了气的羊皮上，紧贴着脚就是深不见底的黄水，如果没有足够的勇气，是连眼睛也不敢睁一睁的。但是，如果只凭冲劲，天不怕地不怕，就随便往羊皮筏上一蹲，那也会出大乱子。兰州的同志说，多坐坐羊皮筏子，可以锻炼意志、毅力和细心。可惜随着交通运输事业的发展，这种锻炼的机会已经不十分多了。眼前这只筏子，大约是雁滩公社的，你看它马不停蹄，顺流直下，像一支箭似的直射向雁滩。

然而，羊皮筏上的艄公，应该是更值得景仰和赞颂的。他站在那小小的筏子上，身后是几个乘客的安全，面前是险恶的黄河风浪。手里呢，只有那么一根不粗不细的篙子。就凭他的勇敢和智慧，镇静和机智，就凭他的经验和判断，使得这小小的筏子战胜了惊涛骇浪，化险为夷，在滚滚黄河上如履平地，成为黄河的主人。

你看，雁滩近了，近了，筏子在激流上奔跑得更加轻快，更加安详。

阅读提示：本篇散文诗作者借羊皮筏子在黄河上破浪前进的动人画面，展现我国人民在危难时期所具有的坚毅沉勇的大无畏气概和勇于拼搏的斗争精神。由衷赞美艄公、乘客，劳动人民战胜一切困难的信心和勇气。朗诵时熟悉映衬和夹叙夹议等手法在深化主题时的作用，要注意体会黄河——水车，筏子，艄公几个重点形象之间的关系。

王岩洞绿瀑

丁　芒

即使是晴天，来到索溪峪，总觉得四周雨雾迷蒙。百丈峡固然是一道邃然深透的绿色甬道，阳光只在四围峰顶上转悠，滑落不下来。光的影子于是更加飘荡不定，还被草木喷射的浓绿所沾染，变成寂然无声的悬浮物，在人们眼前游弋，轻轻触及脸颊、手背，沁凉沁凉的，直透进你心里。饮一盅这儿的空气，就会被醉倒，更不用说面对王岩洞的绿瀑了。

瀑布各有个性，雁荡山的大龙湫如雷电奔注，大声堂堂；黄果树瀑布如倾天河，汪洋恣肆；黄山人字瀑却如野老参禅，妙语淙淙；而索溪峪的王岩瀑，就像三五女郎在唾珠嗽玉。由此是证，瀑布，是山的舌头，娴静幽雅的索溪峪，它的王岩瀑，自然是轻言慢语的。

从远处走来，自有一种魅力，使你屏息静听，唯恐脚步鲁莽，把一潭碎玉惊散。悄悄撩拂凝固了似的绿雾，探头四望。虽然一时还找不到那倩影，而微风飒沓，树叶轻颤，总不免遐想联翩。就这样，按着心，蹑手蹑脚，逐渐走近它，像走近一尊呼吸着的维纳斯雕像。

即使心里有了这样的准备，还是不觉被它的冷艳所惊绝，王岩洞瀑布真是一个东方的维纳斯，是用透明的绿玉雕刻而成，半躺在山崖上，双眸微闭，仿佛有点醉意。那轻拢着身躯的蝉翼明纱，飘飘曳曳，那手臂和颈间的璎珞，累累垂垂，云一般，雾一般，氤氲，飞逸，最后盈盈坠落，堆垛在碧玉盘中。大概从没有风来骚动，没有光来惊扰，王岩洞瀑布养在索溪峪的深闺，气度果然涵蕴得动人心魄。

我和其他游人，都呆立在潭边，仰面承接着那琉璃般透明、倾身奔来的美。常有近飞的玉屑，带着冷然的声响、芳香的气息，沁入我的耳目。

这时，四面的峰峦挟着蓬松的肥沃的绿，一齐向我围拢过来。恍惚之间都成了绿潭，把我的心注成了一个深潭。

索溪峪的浓绿，就这样地通过王岩洞的瀑布，沉入了我的心底。

阅读提示：本篇散文诗作者以“我”的亲眼所见，亲身体验，赞美了湖南索溪峪中的王岩洞瀑布与其他瀑布有着不一样的风光美，歌颂了祖国锦绣山川的神奇秀丽。作者在行文时先写“来到索溪峪”，惊叹索溪峪是绿色的世界。“饮一盅这儿的空气，就会被醉倒”，接着宕开一笔，将眼前绿瀑与心中绿瀑做出比较，突出王岩洞绿瀑的个性与特色。然后从听和看两处落笔，写“我”走近“王岩洞瀑布”的感受：“屏息静听……探头四望……蹑手蹑脚，逐渐走近它，像走近一尊呼吸着的维纳斯雕像。”写“我”因震撼“王岩洞瀑布”的美而“呆立在潭边”。在写法上，作者少用比喻，多写体验和感受，借“我”的视觉和听觉把人间之景写得恰似仙境，全文一气呵成，文字质朴情真，它是一曲自然美与心灵美的颂歌。朗诵时注意体会文中“我”的体验感受。

鸟　语

耿林莽

我听过一次鸟语。

那里是一条山野间的河谷。河床低低的，塞满了石头。只剩下一点浅浅的水了，却清冽见底。流淌着的水声唤起许多歌声的记忆。又如弦，诱引着那些鸟儿们飞来飞去。

河谷的上方，远山低垭成一条弓的背了。上面长着绿的短松和野樱桃林。密叶低垭，想那樱桃果子红了的时候，圆圆的透明，如鸟的歌声滚出河谷。

而现在，色彩是寂寞的。雾像一件尚未睡醒的衣衫，覆盖着如梦的沉睡。

这时候我听见了鸟语。只有在这时候我才听见了鸟语，却看不见她们的飞翔。这是真正的鸟语。她们是被泉水洗净了的。她们躲在那些高高的树枝密集的叶丛中间，经过苍翠的绿色的过滤，一滴滴垂挂着，淡淡地淌下了山壁。这便是鸟语，这才是鸟语。只有在无人倾听的时候，只有在无忧无虑的山野，有一点野花的香气，有雾，有流水从石间穿过，只有在这样的时候，她们才开口说话，自由自在，说她们想说的，人是听不懂的。但是却有人要冒充她们的知音。每天我都看见养鸟人提着他们的笼子到公园里去“放风”。一位驼背的老者，挑着两只高大的鸟笼，笼子边上还围着深蓝色的幛帷，他将鸟笼子挂在树上，揭去幛帷，这时阳光照进笼里，鸟儿却盲目似的并不睁开眼睛。有水，有沙子，有金黄的粟米，甚至还有一两只主人特意抓来的小虫子。驯养者给鸟的待遇是优越的。

然而她们并不歌唱，不想说一句话。

那个驼背老人眯细了眼睛，在打盹。他想听鸟语吗？囚者的告白、供认、诅咒，还是喃喃自语呢？

什么也没有。鸟儿保持沉默。

我忽然想起了奥斯维辛集中营。在那阴森的百万亡灵蒙难的牢狱，毒气室与焚尸房前面，一个人在拉提琴。这个不幸的囚者得以幸存下来，是由于杀人的屠夫和刽子手要他为死亡涂抹那发黑的嘴唇。

这个不幸的囚者奏出了魔鬼的音乐。

我在想：关在笼子里的鸟儿能唱出什么好听的歌儿来呢？

成了游手好闲的绅士们之宠物的哈巴狗除了摇摇尾巴还会干什么呢？

假如每一个人都提一只金丝鸟笼，假如每一只鸟笼里都关一只沉默的鸟，假如世上所有的鸟儿全从山林进入了市场……

我还能听到一次真正的鸟语吗？

阅读提示：本篇散文诗作者运用对比的手法写了两种不同情况下的鸟鸣情况：在自由自在时才开口说话，笼子里发出的鸟鸣不是真正的鸟语！只有享受着充分的自由，生命才能显示意义，生命才能有创造。全篇的寓意到此也就不难理解了。朗诵时注意体会作者的情思。

遥　寄

王尔碑

雨夜中，你悄悄走了。

走得那样遥远。听不见母亲的呼唤，只听见大海的叹息。

岁暮，黄昏。

母亲，痴痴地等待……呵，海上飞来一朵浪花，可是你寄回的魂灵？

信里，只有一幅画：半截燃烧的红烛。

红烛啊，在夜风里没有熄灭。天涯游子的爱不会熄灭。

阅读提示：本篇散文诗不足百字，却显得空灵简约，纯净优美，简直概括了一部长篇小说的内容。一个“天涯游子”给母亲寄回一幅燃烧半截的红烛画儿。作者王尔碑女士曾说过，她那些写人写事的散文诗，几乎背后都有一个故事原型，她把原本悲情的人生赋予了诗性，留给了我们无限的、自由驰骋的、供读者联想和思索的诗意空间。朗诵时注意让故事呈现，注意语音停顿，以留给听众想象的空间。

江南柳

陈志宏

柳是江南水边的精灵，袅娜的枝叶粗拙的皮，深藏一颗不灭的灵魂。

水美江南，池塘边、清河岸、小溪旁、大湖畔，一株株柳，长成一首首妖娆的诗。水滋养柳，柳妆点水，水柳一家亲。柳叶青青，浓绿处，深藏一片独属于自己的海。皲裂的树干，是一副粗糙的皮囊，在清水的倒影中，映衬出生命的不易与壮丽。树皮的裂口，静静地记录着一段段无关风月的旅程，厚厚的，累成生命的沉积层。

柳音是江南水边最美妙的旋律。树无言，风有语。柳枝之繁，灿若满天星辰，密如佳丽青丝，春日清风徐来，沙沙如恋人喁语，夏天朗风飘过，呼呼似累牛喘息，设若暴风袭来，哗哗然像孩童喧闹。清人李渔说："柳贵于垂，不垂则可无柳。柳条贵长，不长则无袅娜之致，徒垂无益也。此树为纳蝉之所，诸鸟亦集。长夏不寂寞，得时闻鼓吹者，是树皆有功，而高柳为最。"年年柳荫浓，岁岁蝉声俏。村前村后，柳树成荫，枝头鸣蝉此起彼伏，嚷嚷着，一刻也不消停。

江南人记得柳好，亦不忘柳之妙。农人折枝，是实用主义美学，编个枝帽，扎只柳筐，抑或插枝以期长出更多柳来，随手取用。文人折柳，折的不是枝，是情思。依依，是江南春柳派生出来的眷恋之态。缠绕，是江南春柳衍生出的思恋之情。“灞岸晴来送别频，相偎相倚不胜春。”“攀条折春色，远寄龙庭前。”古时送别，凄清水边，舟岸两处，不胜挽留的酸楚，离别的悲伤，一任柳枝恣意无声地抒发。

“梨花淡白柳深青，柳絮飞时花满城。”一城春色一城絮。狂颠的柳絮，点点白嫩的轻柔，让人无处逃避。白绒的絮是柳的种子，离树飞散去，将生命洒落在远近各处。转生，尽是如此浪漫而快乐的旅行。

柳树天生一个百变之身，枝丫插地即生，无心无意，即成荫成林。蚯蚓那百变金刚之身，断一截，不是生命终结，反而新生一命。柳是植物界的蚯蚓，是江南的树精，灵魂里潜藏着新生因子，便常插常新，生命在断裂与入土的疼痛中一次次复苏。

江南柳，不只是“无心插柳柳成荫”的淡然，更有“截”后重生之灿然。那年冬天，从扶河边过，但见枝繁的密柳，齐刷刷被锯伐掉繁密的枝丫，光秃秃一截主干，让人心生疼惜。孰料，来年春天，一无所有的“枯干”，竟抽枝发芽，又生猛地垂成娇娆的绿姑娘了。

抒发再生的奇迹，吟咏不灭的魂灵，这不正是江南柳吗？由此就不难理解历代文人雅士，如谢道韫、陶渊明、柳宗元、苏轼、欧阳修、左宗棠、蒲松龄、李渔和丰子恺等，为何会那般钟情于它了。柳之于他们，有不可企及的人生寄托，无以言传的深层意蕴，是升华灵魂的生命道具。

灵魂不灭，生生不息，江南柳啊，你是灵魂的诗篇，生命的乐章。

阅读提示：本篇散文诗作者以江南柳为描写对象，赞美江南柳是“灵魂的诗篇，生命的乐章”。开篇描述了江南柳与江南水的关系，赞扬

“水柳一家亲”;接着写“柳之音”在四季变换;“柳之妙”在应用广泛;“柳之魂”在生生不息。全篇对江南柳以旺盛的生命力美化自然表达出由衷的礼赞。作者深受古诗词的浸润,用词用典惜墨如金。朗诵时要体会诗文的意境,声情并茂地表达作者对江南柳的喜爱之情。

跋涉之歌

于　沙

道路上，飞扬着烟尘；烟尘里，滚动着车轮。车轮呵，一个圆，套着一个圆，无数个、无数个圆，留下无数个、无数个辙印。

辙印啊，是一个个生动的象形文字，排列成一首优美的抒情诗，灿烂在道路展开的长卷上，如同圆圆的太阳和圆圆的月亮，用金辉和银辉，把行踪印刷在蓝天的版图上。

辙印呵，记录着跋涉的欢乐与艰辛！

沙漠里，飞扬着黄尘；黄尘里，摇响着驼铃。驼铃呵，一声声远，一声声近，远远近近的驼铃声，拽着凛凛冽冽的大漠雄风，组成一部交响乐，粗犷呵，雄浑！阔大呵，深沉！

这是交响乐！这是驼铃声！

演奏着跋涉的欢乐与艰辛！

高山头，飘荡着云影；云影里，镶嵌着脚印。脚印呵，重叠、坚实、平稳。

呵，这是挑夫的脚印，留在泰山的十八盘，留在峨眉金顶。

飞鸟望着他，收住了翅膀！

瀑布望着他，停止了跳跃！

猿猴望着他，惊呆了眼神！

没有彷徨，没有回顾，没有呻吟，只有草鞋踩出的重叠，坚实，平稳的脚印，像一条黑体字的新闻大标题，报道着跋涉的欢乐与艰辛！

崖岸，栈道，激流，礁林，被一根纤绳连接得很紧。不，被纤绳连接得紧紧的，是一个个形如小山的肩膀。肩膀呵，古铜色的皮肤闪耀着晶莹汗珠。

那是纤夫的肩膀呵，百折不挠，用勇往直前，用坚定凝聚着的意志和力量——

把弯弯曲曲的沙滩，拉直！

把弯弯曲曲的波浪，拉直！

把弯弯曲曲的命运，拉直！

拉直了呵；纤绳，多么像一个又长又粗的破折号，解说着跋涉的欢乐与艰辛！

车辙呵，驼铃！脚窝呵，纤绳！是四部大辞典，把“跋涉”的真谛，清楚地注明。

为什么要跋涉？因为道路正漫长！

为什么要跋涉？因为肩头有重任！

为什么要跋涉？因为生活在呼唤！

为什么要跋涉？因为前景更光明！

风，一程；雨，一程，风风雨雨又一程。

艰辛呵，欢乐！欢乐呵，艰辛！

是艰辛铸造着欢乐，欢乐总伴随着艰辛。

呵，驼铃已摇响，纤绳正绷紧，道路在拓宽，脚印在加深。

一个古老而跋涉不止的民族，亿万勤劳而跋涉不止的人民——

跋涉！向着早霞挺进！

跋涉！向着明天挺进！

跋涉！向着希望挺进！

阅读提示：本篇散文诗诞生于改革开放蓬勃兴起的二十世纪八十年代。这种不怕艰难、奋力前行的时代旋律，至今读来，仍然让人受其感染而怦然心动。全篇依次通过写车辙、驼铃、脚印和纤绳四个意象并由此为读者描摹了四幅“跋涉图”，紧接着下文对“为什么要跋涉”作了富有时代色彩的回答。全篇似一气呵成，读之如战鼓擂响，催人出征；如战书檄文，音韵铿锵。篇中大量运用顶真、回环、设问、排比等手法，增强了影响人、鼓舞人、教育人的效果。朗诵时要体会作者的思想感情，准确地传递主旋律基调。

落雪的山村

李　耕

严寒的冬……

我看见落雪的山村像一位静卧在洁白的被褥之中的孕妇。她,正梦见一朵春野的绚烂的山花。

于是,我看见雪的山村在孕育着一个春天;

于是,我知道雪的山村,有比孕妇的梦更多的花般的喜悦。

在春的临盆前的躁动中,她面对着狂暴的雪,僵冷的风。

——我们,生活在春的阳光里。

阅读提示:本篇散文诗只有一百来字,却对“落雪的山村”的当下和未来作了准确的动态的刻画,比拟和排比手法为读者营造出一幅圣洁的诗境。尽管“山村”现在遇上严寒的冬日,日日要面对着“狂暴的雪,僵冷的风”,但“雪的山村在孕育着一个春天”,因此,它“有比孕妇的梦更多的花般的喜悦”!它相信:阳光明媚的春天很快到来,“绚烂的山花”漫山遍野盛开,“落雪的山村”将是人人向往的世外桃源。朗诵时要把握自信、喜悦的基调。

紫藤萝瀑布

宗　璞

我不由得停住了脚步。

从未见过开得这样盛的藤萝，只见一片辉煌的淡紫色，像一条瀑布，从空中垂下，不见其发端，也不见其终极，只是深深浅浅的紫，仿佛在流动，在欢笑，在不停地生长。紫色的大条幅上，泛着点点银光，就像迸溅的水花。仔细看时，才知道那是每一朵紫花中的最浅淡的部分，在和阳光互相挑逗。

这里春红已谢，没有赏花的人群，也没有蜂围蝶阵。有的就是这一树闪光的、盛开的藤萝。花朵儿一串挨着一串，一朵接着一朵，彼此推着挤着，好不活泼热闹！

"我在开花！"它们在笑。

"我在开花！"它们嚷嚷。

每一穗花都是上面的盛开、下面的待放。颜色便上浅下深，好像那紫色沉淀下来了，沉淀在最嫩最小的花苞里。每一朵盛开的花就像是一个小小的张满了的帆，帆下带着尖底的舱。船舱鼓鼓的；又像一个忍俊不禁的笑容，就要绽开似的。那里装的是什么仙露琼浆？我凑上去，想摘一朵。

但是我没有摘。我没有摘花的习惯。我只是伫立凝望，觉得这一条紫藤萝瀑布不只在我眼前，也在我心上缓缓流过。流着流着，它带走了这些时一直压在我心上的焦虑和悲痛，那是关于生死谜、手足情的。我沉浸在这繁密的花朵的光辉中，别的一切暂时都不存在，有的只是精神的宁静和生的喜悦。

这里除了光彩，还有淡淡的芳香，香气似乎也是浅紫色的，梦幻一般轻轻地笼罩着我。忽然记起十多年前家门外也曾有过一大株紫藤萝，它依傍一株枯槐爬得很高，但花朵从来都稀落，东一穗西一串伶仃地挂在树梢，好像在察言观色，试探什么。后来索性连那稀零的花串也没有了。园中别的紫藤花架也都拆掉，改种了果树。那时的说法是，花和生活腐化有什么必然关系。我曾遗憾地想：这里再也看不见藤萝花了。

过了这么多年，藤萝又开花了，而且开得这样盛，这样密，紫色的瀑布遮住了粗壮的盘虬卧龙般的枝干，不断地流着，流着，流向人的心底。

花和人都会遇到各种各样的不幸，但是生命的长河是无止境的。我抚摸了一下那小小的紫色的花舱，那里满装生命的酒酿，它张满了帆，在这闪光的花的河流上航行。它是万花中的一朵，也正是一朵朵花，组成了万花灿烂的流动的瀑布。

在这浅紫色的光辉和浅紫色的芳香中，我不觉加快了脚步。

一九八二年五月六日

阅读提示：本篇散文诗以描写紫藤萝花固有的蓬勃生机唤醒作者

鼓起勇气战胜困难的信心。篇中运用比喻、拟人等手法，借物抒情地对紫藤萝的形状、色彩、芳香作了细致的刻画。描写由远而近，先写远望，后写近看。朗诵时注意用轻重缓急的调子表达对紫藤萝的赞美。

黎明的脚步

杨子敏

黎明不是悄悄降临的,它是跑步来到人间的。

当大地还在沉睡,四野进入沉寂,窗上还蒙着茫茫夜色,窗外却已响起轻重缓急,各不相同的脚步声,那凝重深沉如推轭挽重的,是老年人的脚步;那坚实、沉稳如夯着地的是中年人的脚步;那轻巧敏捷如麋鹿飞跃的是青年人的脚步;那细碎繁密,如小溪欢歌的是儿童的脚步。

无论严冬盛夏,无论阴晴雨雪,这脚步声从不间断。各式各样的脚步声,如鸣鼓,如惊涛,交替重叠,变换有致,汇成一支朝气蓬勃的晨曲。这晨曲融合了老少几代人的意志,洋溢着生命的活力,跳荡着亢奋的节律。这晨曲是一种特殊的语言,它深深呼唤着勤奋、进取、毅力,面向光明,面向未来,自强不息!

黎明是在这晨曲的奏鸣中来到人间的。这晨曲的节奏就是黎明的脚步。

阅读提示:本篇散文诗作者以细致的观察,赞美"黎明的脚步"。形象地描述了黎明存在着四种脚步:有"凝重深沉如推轭挽重的"脚步,有"沉稳如夯着地的"的脚步,还有"轻巧敏捷如麋鹿飞跃的"脚步,还有

“细碎繁密，如小溪欢歌的”脚步。“黎明的脚步”正是晨曲的节奏，洋溢着生命的活力。作者在这里实际上是赞美时间的脚步，“一日之计在于晨”，要跟上时间的脚步。朗诵时要体会作者的心情和用意。

长　城

鲍　昌

因为深秋的季节已至，下山的时候已晚，我看见落日熔金，照得你如火嫣红。在猎猎西风扑刺下，砖缝间的野草开始黄枯，基石下的酸枣变了颜色。这时，听不见秋虫之低吟，却在仰天一瞥时，看到了黄云间的归鸿。

那是沿循昭君出塞的老路吗？那是飞向苏武牧羊的北海吗？在伫立的凝思中，我想象那飞鸿乃是悠悠岁月的见证。曾几何时，黑云掩没了月色，雨雪纷纷地袭来，胡马长嘶，觱篥哀鸣，狼烟在山头升起，矢刃在石间摧折；当将军战死、燕姬自刎、旌旗横倒、死尸相撑，战场上的一切声音沉寂之后，只有红了眼睛的野犬在吞噬谁家的“春闺梦里人”了。

所以我说，你是一卷凄婉的历史，长城！

于是，在人们的一种执拗的幻想里，你被建造出来。那是自我保护、自我心理平衡的幻想。墙高六七米，墙厚四五米，随山就坡，险峻万状，自渤海之滨，夐绝荒漠，蜿蜒竟达六千七百公里。戍楼高耸，斥堠连绵。你用一座座雄关，卡住咽喉古道，构成北门锁钥。这使得互市的商旅，为之蹙眉；却又使历代的皇帝心中安泰，他们自以为统治下的“中央之国”固若金汤，无求于人，万寿无疆。

所以我说，你又是民族封闭的象征，长城！

但幻想毕竟是幻想，封闭终不能封闭。几多和番公主的幽魂，带着环佩的响声在月夜中归来了。几多寒霜冻硬的弓弦，射出了断喉的利箭。蓟门被踏平，燕台被摧垮，呼啸着风声的宝剑，掀翻了太液秋波。由是人们发现：边墙不再是屏障，紫塞不再是嵚崎。它变得可笑，仿佛受尽了时间与空间的嘲弄。在风沙剥蚀下，它过早地衰老了。

所以我说，你是一个文化愚钝的标志，长城！

正因为如此吧，现在你敞开胸襟了。你毫不羞怯地迎来了四面八方的亿万游人。他们之中有总统，有商人，有教师，有学生，有开心的演员与体育明星。照相机咔嚓咔嚓响着，但响声又被哗哗的笑声淹没。我不知道他们各自的目的，但是他们来了，来了。他们的来使你显得十分开放，而又充满自信。我看到一位风姿潇洒的外宾，踏上烽火台的顶端，向什么人频频飞吻，接着高举双臂，做成一个V字，仿佛向着美好的未来，发出爽朗的笑声。

哦，长城！我不知你对此作何感想。你那虽然古老但仍坚固的躯体，愿意接待异域殊方的杂色人流吗？你能承受住历史的再冲荡和新世纪的胎动吗？

你不语。你扎根的纠墨。群山不语，并晴洁气爽的长天也不语。

但人们告诉我：外层空间能看到的地球上惟一的人工痕迹，就是你呵，长城！

阅读提示：本篇散文诗以长城为载体，对中华民族的历史进行反思，对现实加以评说，对未来予以展望，赞许长城迎接八方游客登临，显示出开放的中华民族强烈的自信。作者下笔思接千载，从“黄云间的归鸿”联想到“昭君出塞的老路”和“苏武牧羊的北海”，篇中的飞鸿已成为悠悠岁月的见证，成为电影中的蒙太奇。作者从眼前实景神思飞越到历史上的重大事件，直言古老长城的三个特征：“凄婉的历史”“封闭的象征”“愚钝的标志”，当然，新时代的长城敞开了胸襟，喜迎八方客人，透着开放与自信。全篇采用第二人称写长城，让主体直接面对客体，对作者来讲便于抒情，而读者朗读时也显亲切。朗诵时要注意体现这种亲切感。

长颈鹿

商　禽

那个年青的狱卒发觉囚犯们每次体格检查时身长的逐月增加都是在脖子之后，他报告典狱长说："长官，窗子太高了！"而他得到的回答却是："不，他们瞻望岁月。"

仁慈的青年狱卒，不识岁月的容颜，不知岁月的籍贯，不明岁月的行踪，乃夜夜往动物园中，到长颈鹿栏下，去逡巡，去守候。

阅读提示：本篇散文诗选自《诗刊》1981年第10期，揭示了专制社会中被囚禁迫害的人们对光明和自由的强烈渴望。全诗描绘了两幅漫画：一幅是狱卒向典狱长报告监狱情况；一幅是狱卒由于无知，以为"岁月"是一个专与长颈鹿晤面的人，便"夜夜往动物园中，到长颈鹿栏下，去逡巡，去守候"。狱卒的行为显得可笑又可爱。而典狱长的回答"他们瞻望岁月"，外表儒雅而实在可恨。三种人构成了一个情景剧，再现了一个微型化的台湾社会。囚犯和长颈鹿，风马牛不相及，诗人却把二者连接在一起，这种荒诞的超现实主义手法，增强了反讽效果。诗有画面感，有戏剧性，更有题外之意，弦外之音。朗诵时要注意对话和语音的停顿。

准噶尔的地平线

沈仁康

我还从未见过像准噶尔盆地那样广袤、那样深邃、那样悠远的地平线。

在内地，人们的眼光常被局限在山岭、树木、各种建筑物的樊笼里，常被局限在淡云、浓雾、自然地形的桎梏里，目光投不到遥远的天地之交。

但是，当我旅行在新疆准噶尔大戈壁上，却为这片凝固或半凝固的沙原所展示的辽阔和无限震动。啊，真有大海一般的气魄！极目远视，没有高峻起伏的远山，没有绵延的森林，没有热闹的村庄，只有平荡荡的，卵石遍布的大戈壁。它努力向前伸去，伸到天地之交。那天地之交，是一条平平的、绵延的地平线！

这里荒漠，但有气魄！

这里只有疏疏朗朗的芨芨草、骆驼刺……在旱风中摇曳，有些地方连稀草都没有。它是固定了的沙漠，没有水，没有生命；但它的广袤却给任何人以壮阔的胸襟，我在默默凝视戈壁地平线时，感到了心脏的膨胀。

地平线，在远方。

在地平线上，清晨有初阳，这里的初阳没有那么红，它明明净净，没有晨烟晓雾的缭绕，特别的灼白；夜晚有朗月和疏星，也那么明明净净，没有烟云的笼罩，特别的晃眼。

地平线，在远方。每当我向前跨进，马上会出现一条新的地平线，横亘在更远的地方。

我仿佛从这里触摸到了点什么，我触摸到了我们的人生，当我们不断前进，生活远处就会不断出现新层次的憧憬。我们永远走不到地平线，但它总在吸引旅人不怠倦地朝前，如果我们可以到达地平线，那人生之路就完结了，人们的展望就不再延伸了。不，我们永远走不到地平线。超越自我的追求之后，一定会有一个新的境界、新的标准，在更远更高的地方产生，等待我们新的超越。

地平线，准噶尔壮阔深邃的地平线，使我难忘，也使我思索很久。

阅读提示：本篇散文诗深情赞美了准噶尔盆地雄浑壮美、深邃悠远的自然风光。当发现"我们永远走不到地平线""地平线，在远方"时。作者深刻领悟到："每当我向前跟进，马上会出现一条新的地平线，横亘在更远的地方。我仿佛从这里触摸到了点什么，我触摸到了我们的人生，当我们不断前进，生活远处就会不断出现新层次的憧憬。"诗文由此揭示出深邃的人生哲理：只有不懈追求，努力进取，人生的旅程才会留下坚实的脚印。篇中对比、类比手法的运用，在抒情和写景中，作者不只是欣赏自然风光，更重要的是揭示了深刻的哲理，平添了诗文的感染力。朗诵时一定要通过饱含感情的诵读，把自然的地平线的画面和人生的地平线的哲理和情感一齐传达给听众。

林中速写

张守仁

这里是方圆百里的原始森林。空中，叠翠千丈，遮荫蔽日；地面，葛藤缠绕，落叶盈尺；地下，盘根错节，根须如网。这几乎是一个密封的世界。这里有巨栋大梁，珍禽异兽，奇葩硕果，灵芝妙药。高大挺拔的望天树是林中巨人，直冲云霄，傲视碧海。大青树广展绿冠，庇荫着众多伙伴。松杉竞生。乔灌咸长。荆棘丛集。低层杂草繁密。荫翳处蕨类葳蕤，卧倒的枯树上覆盖着苔藓，又有小树从苔藓中探出新苗。巨蟒似的绞杀植物盘绕于树干。大蚜趴伏在枝杈上吸吮汁液。野雉在林梢飞翔。猴子在树冠摘果。孔雀在泉边开屏。野蜂在花丛中采蜜。蚁群在腐殖层上蠕动。这里蚊蚋成阵。蚂蚱跳跃。长虫在拥挤的空间里扭曲穿行。林间流泻着婉丽的鸟鸣。更有山溪潺潺，叶丛滴翠。幽暗的草丛中，兰花放出馨香，海芋叶旁，龙舌兰伸出锐利的绿剑。开放红白花朵的茑萝，在枯枝上攀援盘旋。阔叶下的蛛网上缀着露珠。蜗牛驮着贝壳在湿地上爬行。远处林边大象甩动长鼻，悠然踱步。层林之上，鹞鹰在蓝天里滑翔，用它那对犀利的眼睛，窥伺着下界的猎物。如果你仔细观察，就会惊骇于万千动植物形体结构是那么完美：随便一茎小草，一朵鲜花，一颗果实，一株树木，一只飞鸟，一头走兽，它们的躯体组织，它们的色泽、形态，是那么气韵生动，血脉通畅，和环境之间显得和谐无间，浑然天成。啊，那是大自然孕育的杰作。须知每一物种要经过多少万年的演变、适应、竞争、完善，才能达到目前这种鬼斧神工、天衣无缝的状态！和自然界生物的完美结构相比，人间一切科技、文艺作品，都显得相形见绌。万千物种在这里多层次、高密度地孳生、繁衍、更新、斗争。岁岁年年，世世代代，永不停息。物竞天择，各司其职。相克相生，相辅相成。相互依赖，相互补充。如果上帝偏爱某一物种，要求纯粹、划一，这无异于毁灭某一物种自身。在这里，同一就是同灭，差异才能互补，共生方能共荣。如果它们分离，许多物种将因失去相互制约、转化、补偿、交换等生存条件而死亡。它们只有集结、混生在一起，才能生机蓬勃，旺盛葱茏，荒蛮野性。在这里，每一瞬间，都在发生亿万次的新陈代谢。腐烂与新生、繁荣与枯萎，都在这生命的大舞台上演替。这里有最美妙的天籁，这里有最丰富的色彩，这里有最生动的形象。而当暴风袭来，林海枝舞叶涌，俯仰起伏，万千树干就是万千根摇曳的琴弦，弹奏出惊心动魄的交响乐；云雾涌来，一切淹没在白茫茫的浪涛之下，变成一片摇摆晃动的海底森林；但当热带雨倾泻过后，太阳重又照耀，亿万叶片上的水珠，闪烁出亿万颗晶亮的星星，炫人眼目。哦，森林，地球上最繁密、复杂的生物群落，只有用一种不分段、头绪有点混乱的文字，才能充分表达出杂乱成一个板块的整体感受。且让我以身边潮湿的树墩当书桌，迅速记下这篇即兴式的短文……

阅读提示：本篇散文诗像一幅速写。描写的是热带雨林中的树木花草、禽兽昆虫，虽属于即兴创作，又不分段落，但真实准确地表达了作者观景时的新奇、激动和感悟。朗诵时要注意呈现这种新奇感和画面感。

春天吹着口哨

刘湛秋

沿着开花的土地，春天吹着口哨。

从柳树上摘一片嫩叶，从杏树上掐一朵小花，

在河里浸一浸，在风中摇一摇；于是，欢快的旋律就流荡起来了。

哨音在青色的树枝上旋转，他鼓动着小叶子快快成长。

风筝在天上飘，哨音顺着孩子的手，顺着风筝线，升到云层中去了。

新翻的泥土闪开了路，滴着黑色的油，哨音顺着铧犁的镜面滑过去了。

呵，那里面可有蜜蜂的嗡嗡？可有百灵鸟的啼啭？可有牛的哞叫？

沿着开花的土地，春天吹着口哨；

从柳树上摘一片片嫩叶，从杏树上掐一朵小花，

在河里浸浸，在风中摇摇；于是，欢快的旋律就流荡起来了。

她悄悄的掀开姑娘的头巾，从她们红润润的唇边溜过去。

她追赶上了马车，围着红缨的鞭子盘旋。

他吻着拖拉机的轮胎，他爬上了司机小伙子的肩膀。

呵，春天吹着口哨，漫山遍野的跑；

在每个人的耳里,灌满了一个甜蜜的声音——早!

阅读提示:本篇散文诗是一曲关于春天的赞歌。全诗采用拟人化手法,将吹着口哨飘临人间的春天,写得极为欢快,极为生动,极为传神。诗文开篇描写春天的色彩,着重描写了柳树叶儿、杏树花儿等春天常见的植物,还有典型的属于春天的特写:蜜蜂嗡嗡、百灵鸟啼啭;春风“掀开姑娘的头巾”,春风“吻着拖拉机的轮胎”等等。全诗运用反复的表现手法,即排比、比拟(拟人化),将春天的色彩、春天的声音、春天的情怀诗意化地生动展现出来,给怀念春天盼望春天的人们以无限的想象空间。朗诵时要注意准确表达作者蕴涵于诗文中的欢快情绪,要传递出散发在诗文中的艺术感染力。

三月桃花水

刘湛秋

是什么声音,像一串小铃铛,轻轻地走过村边?是什么光芒,像一匹明洁的丝绸,映照着蓝天?

呵,河流醒来了!三月桃花水,舞动着绚丽的朝霞,向前流淌。有一千朵樱花,点点洒上了河面:有一万个小酒窝,在水中回旋。

三月的桃花水,是春天的竖琴。

每一条波纹,都是一根轻柔的弦。那细白的浪花,敲打着有节奏的鼓点;那忽大忽小的水波声,应和着田野上拖拉机的鸣响;那纤细的低语,是在和刚刚从雪被里伸出头来的麦苗谈心;那碰着岸边的叮咚声,像是大路上车轮滚过的铃声;那急流的水浪声,是在催促着村民们开犁播种啊!

三月的桃花水,是春天的明镜。

它看见燕子飞上天空,翅膀里裹着白云;它看见垂柳披上了长发,如雾如烟;它看见一群姑娘来到河边,水底立刻浮起一片片花瓣;它看见村庄上空,很早很早,就升起了袅袅炊烟……

比金子还贵呵,三月桃花水!

比银子还亮呵,三月桃花水!

呵，地上草如茵，两岸柳如眉。三月桃花水，叫人多陶醉。啊！掬一捧，品一口，让这三月的桃花水盛满我们心灵的酒杯！

阅读提示："桃花水"即桃花汛。指的是谷雨时节桃花盛开江河里暴涨的河水。传说用"桃花水"洗浴可消灾避祸。本篇散文诗通过诗意化地描写春天的江河湖水，赞美春天的和谐、明朗、明净，歌颂劳动人民吉祥美好的幸福生活。全诗运用排比和比拟手法，先从声音方面描写"三月的桃花水，是春天的竖琴"，点出"那急流的水浪声，是在催促着村民们开犁播种啊！"接着从色彩方面描写，通过水面反射写景，刻画出"三月的桃花水，是春天的明镜"，点出"它看见村庄上空，很早很早，就升起了袅袅炊烟……"升华出劳动美化生活的哲理。朗诵时要注意诗句的重音，做到诗意化朗诵。

深巷·轩车宝马·伤逝

昌　耀

无尽的深巷,绿苔斑驳的泥墙一如夹峙其间的绿苔斑驳的土路,我惊异植根于深古的这种先声夺人的寂寞:我站立在巷口已先自有了一种身心的肃敬。

无尽的深巷,而且是窄窄的。

我惊异于这条无尽的深巷究竟通往何处,而且还能通往何处。没有一个人影。

我窥望在巷口,仿佛止步于岁月之间的一座断崖,有一种苍茫感。

但我凭直觉感觉到在巷底深处有一种门庭夹峙下的隆重:一乘宝马轩车徐徐向前驶出,然而又永远不得驶出。帘子后面端坐着一位称作“士”的人物。

是以我感慨于立于时间断层的跨世纪的壮士总有莫可名状之悲哀:前不遇古人,后无继来者,既没有可托生死的爱侣,更没有一掷头颅可与之冲杀拼搏的仇敌,只余隔代的荒诞,而感觉自己是漏网之鱼似的苟活者。

一九九四年九月二十五日至十月六日

阅读提示：本篇散文诗选自《昌耀的诗》，人民文学出版社1998年版。作者选取中国诗歌中的两个经典意象：深巷和轩车宝马，表达了对中国历代可称作“士”的人物的肃敬，并感叹现代“士”的断层、“士”的消失（“伤逝”）的情怀，以及乐于做个“士”人的人生态度。全篇为读者营造了一条“没有一个人影”的“无尽的深巷”，“究竟通往何处”？究竟“还能通往何处”？没有谁能知道。“我窥望在巷口”也无从知道，但“有一种苍茫感”。真是“前不遇古人，后无继来者”。此时的诗人“感觉自己是漏网之鱼似的苟活者”。全诗以时空的深远，反衬一己的渺小，悲哀而不沉沦，感怀而不自怜，意蕴丰富，意境深广。朗诵时要把握好质朴悲壮的朗读基调。

河

许　淇

萨茹拉,在我们草原上,有一条河。河虽小,却很深,而且很清,清得能照见人,清得能细数河底的石子。

河横贯在草原上,一直流到看不见的很远很远的地方,看不见,但是却能听见它流动的声音。听不见,但是却可以料想到它在远方依然不息地歌唱着。

我曾经赶着马群循着河,找寻它的尽头,走得很远很远,它越来越宽坦地向前伸展开去,它穿过我们的大草原,将到什么地方呢?

我发觉,萨茹拉,河是和大山和海洋联结在一起的,它最终要流到大海中去的,所以它才常常盈满、永不枯竭吧!

萨茹拉,你的心就是条小河,虽然小,但是却很深、很丰富;而且是和草原、大山、海洋联结在一起的。

萨茹拉,河在我们的草原上流过。

河哺育了草原,哺育了草原上的人们。

河哺育了半人深的紫花苜蓿,哺育了丛生的芨芨草,哺育了青灰色的牛蒡草,黄色的蒲公英和那羊最爱吃的艾格草、塔那草。

河哺育了金针花、洁白的芍药花和那不知名的一丛丛的小蓝花。

河哺育了柽柳，哺育了沙枣；哺育了飞鸟；哺育了牛、马和羊。

赤热的正午，当你在河边饮羊，当你用木桶汲水，当你家吐拉克上一锅奶茶掀动了盖子，你曾想到河吗？萨茹拉？

河是草原的眼睛，在那眼睛里映现着缩小了的天空；河是我们的眼睛，在那眼睛里映现着我们坦白的心灵。

河是草原胸襟上的一串项链，好比星星是夜的胸襟上的一串项链。秋夜，仿佛那无形的银线断了，流星珍珠般从夜的胸襟上散落下来，几乎掉洒在河里，而河，在草原的胸襟上闪闪发光……

萨茹拉，河是一面镜子，照见了你的脸容和我们生活的全部壮阔和美丽。

阅读提示：本篇散文诗选自《当代美文百篇》，湖南少年儿童出版社1998年版。作者通过描写草原上的不知名的小河，赞美家乡草原的雄阔与小河的新奇，把读者带入一个诗意盎然的立体境界。全诗分为三节：第一节叙述“河是和大山和海洋联结在一起”的自然方位，第二节赞美小河的母亲地位，第三节对小河发出“河是草原胸襟上的一串项链”的诗意赞美。全诗想象新奇，意象丰富，白描和排比手法的运用，有利于全诗的意境营造。朗诵时要注意体会诗人对母亲河的一片深情，准确表达诗文中奔放的气势和流畅的节奏。

故乡的芦苇(节选)

樊发稼

多年来令我梦牵魂绕,永远不能忘怀的,是故乡的芦苇。

是的,就是那些看来似乎很不起眼的、朴实无华的芦苇。一片片,一簇簇,碧生生,绿油油,迎着轻风,摇曳着修长的青玉似的秀枝,远看犹如一朵朵绿色的轻云,在地平线上飘拂着,给乡村平添几分恬静和飘逸。

几乎所有的河沟,小湖,池塘,都有绿色的芦苇掩映着。

每年,当春风刚刚吹谢雪花,故乡的芦苇就迫不及待地从还未褪尽寒意的泥土里探出尖尖的靛青色的脑袋。它长得很快。要不了多少日子,它就可以长到几尺高,快活地舒展出它那扁平的狭长的叶子。

——到这时候,我和小伙伴们最喜欢摘一片芦叶,熟练地卷成小小的哨子,放在嘴边,吹出各种悦耳的乐音。孩子们为这美妙的音乐所陶醉,在亮晶晶的小河边,在碧青青的草地上,快乐地奔跑着,忘情地呼唤着……

我们还喜欢用芦叶折成绿色的芦叶船。手巧的伙伴,还会从旧火柴匣上剪下小片片,当作舵,安在小船的尾部,还用香烟匣里的锡纸做成小小的银色的帆叶。我们一个个光着小脚丫,蹲伏在河滩上,小心翼翼地各自把小船移到水面上。“开船啰！开船啰！”于是，在一片欢呼雀跃声中，绿色的“船队”便满载着我们纯真的幻想之花，顺流而去……

在那星月交辉的夏夜，我最喜欢带着弟弟到芦苇丛中抓纺织娘。纺织娘通体透明，头上长着两根细长的触须，身上裹着两片薄薄的玻璃纸似的羽翼。我们把捉到的纺织娘小心地放进小竹笼子里，怕它们饿，就塞进几朵金红色的南瓜花。然后将笼子挂在蚊帐架上，任纺织娘用好听的歌声伴我们进入甜蜜的梦乡……

啊，故乡的芦苇！因为你给过我不少童年的欢乐，所以我一直对你怀有一种特殊的亲切之感。每每想起你，我就会沉浸在童年美好的回忆之中……

随着年龄的增长，阅历的加深，我对于故乡的芦苇，又逐渐加了一层钦佩以至崇敬——

它几乎无所不在。凡有人烟之处，就有它蓬勃的生命。

它不喜欢单个儿独处，而总是集丛而生。无论什么时候，总是根根相连，叶叶相依，互为提携，相亲相爱，结成一个绿色的集体，因此再猛再烈的风也刮不倒它。

它所求甚少。它从不占良田，不需要给它特别施什么肥。即使在十分贫瘠的土地上，它也能挺干抽叶，顽强地生长。

对故乡农民来说，它是取之不尽的建筑材料：常用它搭瓜棚、豆架，打篱笆、编苇席、苇帘子。用芦苇盖的房子，冬暖夏凉；把芦苇秆锯成一截截后，可以做织布用的纡子轴、笔套，抽烟的又可做烟嘴，它还是造纸的好原料；每年春节，给孩子们做花花绿绿的马灯、八角灯，少不了要用芦苇做支架，芦篾又可做风筝，编制各种工艺品；散发着特有的清香的芦叶，可以用来包粽子；雪白的芦根，又脆又甜，可以食用，还可以治病；芦花可以做枕芯，贫苦人用它做的芦花鞋，既保温又御寒；芦苇还可以当柴烧，芦灰又可作肥料……

故乡的芦苇真是一种极其普通但却有极大用途的植物。

从它身上，我们不是可以悟到某种有益的启示吗？它那种风格，那种乐于献身的精神，不是很值得我们学习吗？

想起故乡，就想起芦苇。

啊，我爱故乡，我爱故乡的芦苇！

阅读提示：本篇散文诗借物抒情、托物言志。全篇按时间顺序，先写芦苇留给作者童年的快乐记忆：卷芦叶哨、折芦叶船、芦苇丛中抓纺织娘；继而进一步写芦苇令人“钦佩以至崇敬”之处：芦苇有蓬勃的生命力、有团结友爱的精神、有顽强的斗志、有极大的用途；通篇顺理成章地反映出作者对芦苇的认识不断提升的过程。朗诵时要注意体会“啊，我爱故乡，我爱故乡的芦苇！”的首尾抒情基调，体会赞美芦苇实际上是赞美无私的奉献者。

野　竹

管用和

它那被月光照出的瘦影，至今还不时在我的乡梦里摇曳。

它那挽住晨雾、托起露点的鱼形叶片，至今留给我翠绿的记忆。

故乡，那不易引起人们注意的野竹啊，生长在砂砾成堆的荒岗上，茅草丛丛的野坡上，荆棘满布的塘塍上。一簇簇，一蓬蓬，一束束。又瘦又细的秆儿，像鸡骨一般。又窄又薄的叶儿，像鸡爪一样。

贫瘠、干旱、荒凉都不会使它感到凄苦，雨雪风霜无法改变它绿色的性格。年年生长，年年被砍伐；年年砍伐，年年又生长。

农家灶膛里的灰烬不就是它吗！盛菜装果的筐篮不就是它吗！池塘里拦鱼的帘子不就是它吗！禾场上的长柄儿扫帚不就是它吗！孩子们的风筝架子不就是它吗！我手中的毛笔杆儿不就是它吗……

默默地出土，悄悄地冒尖，寂寞地生长。

不与大树比高低，不与浅草比长短，不与楠竹争宠爱。

人们虽然并未有意地栽培它，但，它自个儿生长出来，却毫不吝惜地献身给人们。

啊！我乡梦里的瘦影，我翠绿的记忆。让我用童年时常吹的叫叫——用它的管和叶作成的叫叫，来为它吹奏一支小曲吧！

野竹啊野竹！故乡的坚忍顽强的野竹！

阅读提示：本篇散文诗作者表面上写竹子，实际上表达的是诗人不求索取，乐于奉献的人生观。野竹野生无人问，形态外表也不美，但野外艰苦的环境磨炼了野竹的意志，练就了野竹坚韧倔强、生生不息的品质。朗诵时要注意体会作者赞美故乡野竹的思想感情。

安塞腰鼓

刘成章

一群茂腾腾的后生。

他们的身后是一片高粱地。他们朴实得就像那片高粱。

咝溜溜的南风吹动了高粱叶子,也吹动了他们的衣衫。

他们的神情沉稳而安静。紧贴在他们身体一侧的腰鼓,呆呆的,似乎从来不曾响过。

但是:

看!——

一捶起来就发狠了,忘情了,没命了!百十个斜背响鼓的后生,如百十块被强震不断击起的石头,狂舞在你的面前。骤雨一样,是急促的鼓点;旋风一样,是飞扬的流苏;乱蛙一样,是蹦跳的脚步;火花一样,是闪射的瞳仁;斗虎一样,是强健的风姿。黄土高原上,爆出一场多么壮阔、多么豪放、多么火烈的舞蹈哇——安塞腰鼓!

这腰鼓,使冰冷的空气立即变得燥热了,使恬静的阳光立即变得飞溅了,使困倦的世界立即变得亢奋了。

使人想起:落日照大旗,马鸣风萧萧!

使人想起:千里的雷声万里闪!

使人想起：晦暗了又明晰、明晰了又晦暗，尔后最终永远明晰了的大彻大悟！

容不得束缚，容不得羁绊，容不得闭塞。是挣脱了、冲破了、撞开了的那么一股劲！

好一个安塞腰鼓！

百十个腰鼓发出的沉重响声，碰撞在四野长着酸枣树的山崖上，山崖蓦然变成牛皮鼓面了，只听见隆隆，隆隆，隆隆。

百十个腰鼓发出的沉重响声，碰撞在遗落了一切冗杂的观众的心上，观众的心也蓦然变成牛皮鼓面了，也是隆隆，隆隆，隆隆。

隆隆隆隆的豪壮的抒情，隆隆隆隆的严峻的思索，隆隆隆隆的犁尖翻起的杂着草根的土浪，隆隆隆隆的阵痛的发生和排解……

好一个安塞腰鼓！

后生们的胳膊、腿、全身，有力地搏击着，急速地搏击着，大起大落地搏击着。它震撼着你，烧灼着你，威逼着你。它使你从来没有如此鲜明地感受到生命的存在、活跃和强盛。它使你惊异于那农民衣着包裹着的躯体，那消化着红豆角、老南瓜的躯体，居然可以释放出那么奇伟磅礴的能量！

黄土高原哪，你生养了这些元气淋漓的后生，也只有你，才能承受如此惊心动魄的搏击！

多水的江南是易碎的玻璃，在那儿，打不得这样的腰鼓。

除了黄土高原，哪里再有这么厚的土层啊！

好一个黄土高原！好一个安塞腰鼓！

每一个舞姿都充满了力量。每一个舞姿都呼呼作响。每一个舞姿都是光与影的匆匆变幻，每一个舞姿都使人颤栗在浓烈的艺术享受之中，使人叹为观止。

好一个痛快了山河、蓬勃了想象力的安塞腰鼓！

愈捶愈烈！形体成了沉重而又纷飞的思绪！

愈捶愈烈！思绪中不存在任何隐秘！

愈捶愈烈！痛苦和欢乐，生活和梦幻，摆脱和追求，都在这舞姿和鼓点中，交织！旋转！凝聚！奔突！辐射！翻飞！升华！人，成了茫茫一片；声，成了茫茫一片……

当它戛然而止的时候，世界出奇地寂静，以致使人感到对她十分陌生了。

简直像来到另一个星球。

耳畔是一声渺远的鸡啼。

阅读提示：本篇散文诗选自1986年10月3日《人民日报》。作者以雄健的笔力、壮美的文字，表现了“安塞腰鼓”这一传统民俗盛事。为读者描绘出一幅形象逼真、感情热烈、风格浓郁的动态“安塞腰鼓”画面。这是对中华儿女创造性劳动与民族风情的礼赞。篇中运用排比、反复等修辞手法，有力地增强语句的节奏感，而“好一个安塞腰鼓”的反复咏叹，既富于变化，又层层递进，使全篇文字呈现出音乐的节奏美和形式的回环美。朗诵时注意满怀感情地高声朗读。

苍茫时分

徐成森

颠踣的人生，及至世纪末叶，才于苍茫时刻，获取如此透彻的颖悟：天幕洞开，向我敞露史前绚烂的剖视图。

我曾凝眸，逼视惨淡世界，被惊人的冷漠凝冻；心与心如此不能相通，神圣的爱，被弃如敝屣；满天沉重的恼恨，如飞蝗遮蔽日月和繁星。

我在哪里？孤独甚至融化自身，正午的日影，不知照出了梦中之我抑或自我之梦？那时候你又在哪里？说是已经认识我五千年，等待我五千年，又为何不赐以命运的预言？

如今已是苍茫时分，选择这一冷峻的时刻，你向我展示爱的辉煌与狂热。耀目的冰山一派莹洁，自由元素用华贵的蔚蓝装饰地角天边。落日已经沉没，片片帆影，撩动火焰和海水。

我将痛楚的额头偎在你的崖岸，听涛声自远而近；海潮拍击岩洞，巨藻柔曼的叶片飘飞。滩涂如此柔软，如此温润，令我惊心动魄；蓦然回首，血染的足迹已荡然无存！

涅槃骤然坠降，是你彻底扭转我残留的命运；在苍茫的时刻，你让我懂得如此美好的爱，如此美好的女性！

一九八八年

阅读提示：本篇散文诗选自《燃烧的爱梦》，广西民族出版社1992年版。在其青壮年阶段历经浩劫的徐成淼在晚年写下了《苍茫时分》，这是在亲历了人生沧桑之后，对迟到的爱情进行的真情表白。在这里，代表爱情的意象不是五彩云霞，而是“痛楚的额头偎在你的崖岸”，是“海潮拍击岩洞”；即使“滩涂如此柔软”，却“令我惊心动魄”。这是只有饱经苦难洗礼，身心满是创伤的诗人，才有这样深切的感受。诗人熔浪漫主义的想象、激情和现代主义的象征于一炉，其笔下的爱情品质是如此的崇高和圣洁：“耀目的冰山一派莹洁，自由元素用华贵的蔚蓝装饰地角天边。落日已经沉没，片片帆影，撩动火焰和海水。”朗诵时一定要体会全篇文字散发出的独特品质，朗诵语调要体现凝重与深情。

此去的人生

刘再复

我把交织着欢乐与忧烦的青年时代抛到后头,开始了新的路。

此去的人生将一天天走向衰老,但我不相信只有衰老。

古旧的大街还会有新楼挺立,苍老的竹野还会有春笋竞出。生命只要未僵,总会有新的嫩芽从心中萌动,总会有新的嫩叶从肝胆的枝头上崛起。

我还要经历无数垦植与收割的日子。一段生命是一个季节。每个季节都会有春花秋实。即使到了满头白发,我确信生命还会有自己的繁荣。只要纯洁的心怀里,还荡漾着春风,飘洒着春雨。

此去的人生还会有坎坷。坎坷与平坦并不重要,坎坷的路固然难走,平坦的路也会使人麻木。活生生的人,在坎坷与平坦的路上,都一样往前征服。在坎坷的路上防着跌倒,在平坦的路上防着飘浮……

阅读提示:本篇散文诗是作者写给自己的励志诗。也是一篇充满自信的人生宣言书。开篇第一句:"我把交织着欢乐与忧烦的青年时代抛到后头",作者这是在向自己的"青年时代"作深情的告别,而"开始了新的路"是对已经开始的人生新阶段满怀着希望。但诗人无比清醒:

“此去的人生还会有坎坷。坎坷与平坦并不重要，坎坷的路固然难走，平坦的路也会使人麻木。”诗人将哲理思辨与深沉抒情熔于一炉，运用排比、对比手法将未来的人生之路描述得无比清晰：“活生生的人，在坎坷与平坦的路上，都一样往前征服。在坎坷的路上防着跌倒，在平坦的路上防着飘浮……”这无疑是一种人生自信。这篇散文诗诞生于朝气蓬勃的改革开放时代，产生过广泛而深远的影响，朗诵时要体会作者博大的胸襟，以深情自信的语调体现时代自信和人生自信。

读沧海

刘再复

一

我又来到海滨了，又亲吻着蔚蓝色的海。

这是北方的海岸，烟台山迷人的夏天。我坐在花间的岩石上，贪婪地读着沧海——展示在天与地之间的书籍，远古与今天的启示录，不朽的大自然的经典。

我带着千里奔波的饥渴，带着漫长岁月久久思慕的饥渴，读着浪花，读着波光，读着迷蒙的烟涛，读着从天外滚滚而来的蓝色的文字，发出雷一样响声的白色的标点。我敞开胸襟，呼吸着海香很浓的风，开始领略书本里汹涌的内容，澎湃的情思，伟大而深邃的哲理。

打开海蓝色的封面，我进入了书中的境界。隐约地，我听到了太阳清脆的铃声，海底朦胧的音乐。我看到了安徒生童话里天鹅洁白的舞姿，我看到罗马大将安东尼和埃及女王克莉奥佩屈拉在海战中爱与恨交融的戏剧，看到灵魂复苏的精卫鸟化作大群的飞鸥在寻找当年投入海中的树枝，看到徐悲鸿的马群在这蓝色的大草原上仰天长啸，看到舒伯特的琴键像星星在浪尖上频频跳动……

就在此时此刻，我感到一种神秘的变动在我身上发生：一种曾经背叛过自己，但是非常美好的东西复归了，而另一种我曾想摆脱而无法摆脱的东西消失了。我感到身上好像减少了什么，又增加了什么，感到我自己的世界在扩大，胸脯在奇异地伸延，一直伸延到无穷的远方，伸延到海天的相接处。我觉得自己的心，同天、同海、同躲藏的星月连成了一片。也就在这个时候，喜悦突然像涌上海面的潜流，滚过我们的胸间，使我暗暗地激动。生活多么美好呵！这大海拥载着的土地，这土地拥载着的生活，多么值得我爱恋呵！

我仿佛听到蔚蓝色的启示录在对我说，你知道什么是幸福吗？你如果要赢得它，请你继续敞开你的胸襟，体验着海，体验着自由，体验着无边无际的壮阔，体验着无穷无际的深渊！

二

我读着海。我知道海是古老的书籍，很古老很古老了，古老得不可思议。

为了积蓄成大海，造化曾经用了整整10亿年。10亿年的积累，10亿年的构思，10亿年吮吸天空与大地的乳汁和眼泪。雄伟的、横贯天地的巨卷呵！谁能在自己有限的一生中，读尽你的无限内涵呢？

有人在你身上读到豪壮，有人在你身上读到寂寞，有人在你心中读到爱情，也有人在你心中读到仇恨，有人在你身边寻找生，有人在你身边寻找死。那些蹈海的英雄，那些自沉海底的失败的改革者，那些越过怒涛向彼岸进取的冒险家，那些潜入深海发掘古化石的学者，那些身边飘忽着丝绸带子的水兵，那些驾着风帆顽强地表现自身强大本质的运动健将，还有那些仰仗着你的豪强铤而走险的海盗，都在你这里集合过，把你作为人生的拼搏的舞台。

你，伟大的双重结构的生命，兼收并蓄的胸怀：悲剧与喜剧，壮剧与闹剧，正与反，潮与汐，深与浅，珊瑚与礁石，洪涛与微波，浪花与泡沫，火山与水泉，巨鲸与幼鱼，狂暴与温柔，明朗与朦胧，清新与混沌，怒吼与低唱，日出与日落，诞生与死亡，都在你身上冲突着，交织着。

哦，雨果所说的"大自然的双面像"，你不就是典型吗？

在颤抖着的长岁月中，不知有多少江河带着黄土染污你的蔚蓝，也不知有多少巨鲸与群鲨的尸体毒化你的芬芳，然而，你还是你，海浪还是那样活泼，波光还是那样明艳，阳光下，海水还是那样清澈。不是吗？我明明读到浅海的海底，明明读到沙，读到礁石，读到飘动的海带。

呵！我的书籍，不被污染的伟大的篇章，不会衰朽的雄文奇彩！我终于读到书魂，读到一种比风暴更伟大的力量，这是举世无双的沉淀力与排除力，这是自我克服，自我战胜的蔚蓝色的伟大的奇观。

三

我读着海，从浅海读到深海，从海面读到海底——我神往的世界。但我困惑了，在我的视线未能穿透的海底，伟大书籍最深的层次，有我读不懂的大深奥。

我知道许多智勇双全的科学家、工程师和探险家也在读着深海，他们的眼光像一团巨火，越过黑色的深渊去照明海底的黄昏。全人类都在读海，世界皱着眉头在钻研着海的学问。海底的水晶宫在哪里？海底的大森林在哪里？海底火山与石油的故乡在哪里？古生代里怎样开始生物繁衍的故事？寒武纪发生过怎样惊天动地的浮沉与沧桑？奥陶纪和志留纪发生过怎样扣人心扉的生存和死灭？海里有机界的演化又有过怎样波澜壮阔的革命的飞跃？

我读着我不懂的大深奥，于是，在花间的岩石上，我对着浪花，发出一串串的海问。我知道人类一旦解开了海谜，读懂这不朽的书卷，开拓这伟大的存在，人类将有更伟大的生活，世界将三倍地富有。

我有我读不懂的大深奥，然而，我知道今天的海是曾经化为桑田的海，是曾经被圆锥形动物统治过的海，是曾经被凶猛的海蛇和海龙霸占过的海。而今天，这寒荒的波涛世界变成了另一个繁忙的人世间。我读着海，读着眼前驰骋的七彩风帆，读着威武的舰队，读着层楼似的庞大的轮船，读着海滩上那些红白相间的帐篷，读着沙地上沐浴着阳光的男人与女人。我相信，二十年后的海，又会是另一种壮观，另一种七彩，另一种海与人的和谐世界。

伟大的书籍，你时时在更新，在丰富，在进化。我曾经千百次地索思，大海，你为什么能够终古长新，为什么能够有这样永远不会消失的气魂，而今天，我懂了：因为你自身是强大的，健康的，是倔强地流动着的。

大海！我心中伟大的启示录，不朽的经典。我在你身上感受到自由和伟力，体验到丰富和渊深，也体验着我的愚昧、贫乏和弱小，然而，我将追随你滔滔的寒流与暖流，驰向前方，驰向深处，去寻找新的活力和新的未知数，去充实我的生命，去沉淀我的尘埃，去更新我的灵魂！

阅读提示：本篇散文诗由三章组成。它既是一个有机整体，每一章又可以作为独立篇章来读。作者巧妙地把大海喻为“书籍”，通篇围绕着一个“读”字展开，由“打开海蓝色的封面”到“从浅海读到深海，从海平面读到海底我神往的世界”，由此步步拓展文意，诗情也层层得以推进，从而使作品不断增多其思想容量和感情深度。作者不但赞美大海拥有亘古不变无限宽广的胸怀。而且还充分肯定了海洋与人类的密切关系。全篇构思巧妙，熔哲理思辨与深沉抒情和广博知识于一炉。上至宇宙太空，下至人间风俗，上溯远古文明，下至未来的预测，作者思接千载，视通万里，从广袤的社会生活到自然万物，诗篇熔铸了海洋、地质、天文、历史和文艺学方面的知识。让人领悟到了生命的可爱，生活的美好，人生的明媚以及大自然的伟力和不可抗拒。朗诵时要注意体会作者爱人生、爱生活的积极向上的情怀。

敬畏生命

张晓风

那是一个夏天长得不能再长的下午，在印第安那州的一个湖边。我起先是不经意地坐着看书，忽然发现湖边有几棵树正在飘散一些白色的纤维，大团大团的，像棉花似的，有些飘到草地上，有些飘入湖水里。我当时没有十分注意，只当是偶然风起所带来的。

可是，渐渐地，我发现情况简直令人吃惊。好几个小时过去了，那些树仍旧浑然不觉地，在飘送那些小型的云朵，倒好像是一座无限的云库似的。整个下午，整个晚上，漫天都是那种东西。第二天情形完全一样，我感到诧异和震撼。

其实，小学的时候就知道有一类种子是靠风力吹动纤维播送的。但也只是知道一道测验题的答案而已。那几天真的看到了，满心所感到的是一种折服，一种无以名之的敬畏。我几乎是第一次遇见生命——虽然是植物的。

我感到那云状的种子在我心底强烈地碰撞上什么东西，我不能不被生命豪华的、奢侈的、不计成本的投资所感动。也许在不分昼夜的飘散之余，只有一颗种子足以成树，但造物者乐于做这样惊心动魄的壮举。

我至今仍然在沉思之际想起那一片柔媚的湖水,不知湖畔那群种子中有哪一颗成了小树,至少,我知道有一颗已经成长。那颗种子曾遇见了一片土地,在一个过客的心之峡谷里,蔚然成阴,教会她怎样敬畏生命。

阅读提示:本篇散文诗选自《精美散文·哲理·文化卷》,长江文艺出版社1995年版。作者以女性的敏感捕捉瞬间看到的景致,以细腻的笔触寥寥数语就将生命最为动人的魅力展露无遗。一棵树以它执着的方式播送种子,从而唤醒了作者对于生命的热爱。全篇巧妙地借自然界的生物婉转地传递出作者的思绪,表达了对于自然界一切生命的折服和敬畏,从而让读者对于生命的伟大和内涵产生共鸣。朗诵时语气要亲切,语调要平和。

珍珠鸟

冯骥才

真好！朋友送我一对珍珠鸟。放在一个简易的竹条编成的笼子里，笼内还有一卷干草，那是小鸟舒适又温暖的巢。

有人说，这是一种怕人的鸟。

我把它挂在窗前，那儿还有一盆异常茂盛的法国吊兰。我便用吊兰长长的、串生着小绿叶的垂蔓蒙盖在鸟笼上，它们就像躲进深幽的丛林一样安全；从中传出的笛儿般又细又亮的叫声，也就格外轻松自在了。

阳光从窗外射入，透过这里，吊兰那些无数指甲状的小叶，一半成了黑影，一半被照透，如同碧玉；斑斑驳驳，生意葱茏。小鸟的影子就在这中间隐约闪动，看不完整，有时连笼子也看不出，却见它们可爱的鲜红小嘴从绿叶中伸出来。

我很少扒开叶蔓瞧它们，它们便渐渐敢伸出小脑袋瞅瞅我。我们就这样一点点熟悉了。

三个月后，那一团愈发繁茂的绿蔓里边，发出一种尖细又娇嫩的鸣叫。我猜到，是它们有了雏儿。我呢？决不掀开叶片往里看，连添食加水时也不睁大好奇的眼去惊动它们。过不多久，忽然有一个小脑袋从叶间探出来。更小哟,雏儿!正是这个小家伙!

它小,就能轻易地由疏格的笼子钻出身。瞧,多么像它的母亲:红嘴红脚,灰蓝色的毛,只是后背还没有生出珍珠似的圆圆的白点;它好肥,整个身子好像一个蓬松的球儿。

起先,这小家伙只在笼子四周活动,随后就在屋里飞来飞去,一会儿落在柜顶上,一会儿神气十足地站在书架上,啄着书背上那些大文豪的名字;一会儿把灯绳撞得来回摇动,跟着跳到画框上去了。只要大鸟在笼里生气地叫一声,它立即飞回笼里去。

我不管它。这样久了,打开窗子,它最多只在窗框上站一会儿,决不飞出去。

渐渐它胆子大了,就落在我书桌上。

它先是离我较远,见我不去伤害它,便一点点挨近,然后蹦到我的杯子上,俯下头来喝茶,再偏过脸瞧瞧我的反应。我只是微微一笑,依旧写东西,它就放开胆子跑到稿纸上,绕着我的笔尖蹦来蹦去;跳动的小红爪子在纸上发出嚓嚓响。

我不动声色地写,默默享受着这小家伙亲近的情意。这样,它完全放心了。索性用那涂了蜡似的、角质的小红嘴,"嗒嗒"啄着我颤动的笔尖。我用手抚一抚它细腻的绒毛,它也不怕,反而友好地啄两下我的手指。

白天,它这样淘气地陪伴我;天色入暮,它就在父母的再三呼唤声中,飞向笼子,扭动滚圆的身子,挤开那些绿叶钻进去。

有一天,我伏案写作时,它居然落到我的肩上。我手中的笔不觉停了,生怕惊跑它。呆一会儿,扭头看,这小家伙竟扒在我的肩头睡着了,银灰色的眼睑盖住眸子,小红脚刚好给胸脯上长长的绒毛盖住。

我轻轻抬一抬肩，它没醒，睡得好熟！还咂咂嘴，难道在做梦？

我笔尖一动，流泻下一时的感受：

信赖，往往创造出美好的境界。

一九八四年一月　天津

阅读提示：本篇作者通过描写人对鸟的爱护、鸟对人的信赖，水到渠成地揭示出“信赖，往往创造出美好的境界”的深邃哲理，构筑出人与鸟和谐共处的境界。篇中以细腻的诗意笔触，成功地运用拟人的修辞手法，描写了人与鸟的交流情况；又以细腻多彩的笔触为读者勾勒了一幅幅绝妙的图画，表达了作者对珍珠鸟由衷的喜爱之情。朗诵时，要仔细体会全文的语言美、构图美和意境美，体会作者“我不管它”的信任情怀，通过朗诵的声调和快慢节奏来准确表达作者对鸟儿的一腔真情。

北京的色彩

章　武

我像一片云，从四季长青的东海之滨飘到了北京城。

来到北京之前，有人告诉我：北京是“红色的海洋”，从紫禁城的宫墙到孩子们嘴中的糖葫芦，全是“红彤彤”的。

也有人告诉我：北京是“蓝色的世界”，那里的男女老少，一年四季，全是一色蓝大褂……

我带着南方人一种特有的绿色的骄傲，步入了北京城。然而，深秋时节的北京城，很快便以她那壮丽而辉煌的色彩，驱除了我的偏见。

首先把我征服的，是北京的树叶。从机场进入市区，夹道的松树、柏树，高高的白杨树，全是绿的，就在这绿色中间，呈现出我在家乡所看不到的深深浅浅的黄，闪闪烁烁的金，团团簇簇的红。一时辨认不清的乔木、灌木，把千百种奇妙的色彩纷繁而又和谐地展现在我的面前，使我又惊又喜。后来，我漫游天坛，发现北门内那两排银杏树，满身都停满了黄蝴蝶。秋风一吹，蝴蝶纷纷飘落地上，待细细一看，却又都变成用黄绢裱制的小扇面，宽边上，还留着一道未曾褪尽的绿镶边呢！我登香山，探访那秋日里最后一批黄栌树的红叶。我又发现，在那残留枝头和铺满地上的红叶中，竟也有我在南方所想象不到的层次：金黄、橘红、曙红、猩红、赭石……几乎没有两片树叶是同色的，就是一片叶子，也往往是柑黄中渗透着桃红，丹红中凝结着玫瑰紫……

北京城这彩色的秋林啊，你终于使我明白：大自然并非只有一种绿色，也并非只有一种黄，一种红……

我攀登长城，漫游故宫。长城的城墙是黑灰色的，浓重中透着一种冷峻；故宫的宫墙是朱砂色的，深沉中显出一种威严。它们毕竟都已成为历史。我更喜欢的是近年来并肩崛起的新楼宇和那些纵横飞扬的立交桥，它们的色彩趋于明快、热烈、奔放，因而也更使人感到亲近。我常常把脸孔紧贴在公共汽车的窗玻璃上，不断从街道两旁飞驰的楼群中寻找雪山的洁白、草原的嫩绿、沙漠的金黄和大海的蔚蓝。由贝聿铭大师设计的香山饭店，素雅，纯净，不知怎么，使我怀念起家乡那冰清玉洁的水仙花……

人们常说建筑是凝固的音乐。那天，北京城里无数个有色彩的音符，都能使人想起祖国的四面八方……

在北京的日子是短暂的。在繁忙的公务之余，我也忘不了作为一名外地的顾客，挤进川流不息的人群，去逛逛慕名已久的西单、王府井和大栅栏，去选购首都的时装。我发现与我摩肩擦背的人群中，穿蓝衣衫者毕竟已是少数。更多的人，是身着各种质料、各种颜色的西装、卡曲、夹克、猎装、中山装……甚至，还有刚刚从电视屏幕和洛杉矶奥运会走进服装柜台的“大岛茂”式外套，和“栾菊杰”式的击剑服。许多人托我代购的“长城牌”和“大地牌”风衣已供不应求，暂时脱销。我常常不无遗憾地伫立在十字街头，用羡慕的目光追逐那些风衣在身的匆匆过客。秋风掀动风衣的后摆，使他们显得多么潇洒！我发现，连风衣的颜色也不再是单一的米黄色了。瞧，那一群骑自行车翩翩而来的身着风衣的少女，是红蝴蝶，是绿鹦鹉，还是蓝孔雀？

我是一片云，从彩色的北京又飘回绿色的东海之滨。

人们问：北京的色彩如何？

我毫不犹豫地回答：凡是大自然有的，北京都有；凡是九百六十万平方公里土地上有的，我们的首都——全都有！

阅读提示：本篇散文诗选自1985年5月2日《人民日报》。在《北京的色彩》这篇散文诗中，作家以“色彩”为切入点，运用先抑后扬等创作方法，对多彩的北京作了热情的赞美。全篇写的是北京的色彩，而色彩是时代的表情，因而描写色彩也是在描写时代的情感。应该说，《北京的色彩》感染读者的首先是感情的色彩，是作家对北京的单纯而热烈的喜爱之情及其对时代、对祖国的自豪感。作家写的是北京，触发的是自身爱时代爱国家的情怀。朗诵时一定要体现作家蕴含在篇中的这种强烈的感情色彩。

蚕

雷抒雁

她在自己的生活中织下了一个厚厚的茧。

那是用一种细细的、柔韧的、若有若无的丝织成的，是痛苦的丝织成的。

她埋怨、气恼，然后就是焦急，甚至折磨自己，同时用死来对突不破的网表示抗议。

但是，她终于被疲劳征服了，沉沉地睡过去，她做了许多的梦，那是关于花和草的梦，是关于风和水的梦，是关于太阳和彩虹的梦，还有关于爱的追求以及生儿育女的梦……

在梦里，她得到了安定和欣慰，得到了力量和热情，得到了关于生的可贵。

当她一觉醒来，她突然明白拯救自己的只有自己。于是，她便用牙齿把自己吐的丝一根根咬断，咬破自己织下的茧。

果然，新的光芒向她投来，像云隙间的阳光刺激着她的眼睛。新的空气，像清新的酒，使她陶醉。

她简直要跳起来了！

她简直要飞起来了！

一伸腰，果然飞起来了，原来就在她沉睡的时刻，背上长出了两片多粉的翅膀。

从此，她便记住了这一切，她把这些告诉了子孙们：你们织的茧，得你们自己去咬破！

蚕，就是这样一代代传下来。

阅读提示：本篇散文诗也是一篇寓意深刻的寓言故事。全篇用诗化的语言叙述了蚕通过自身的努力破茧而出的过程。蚕在与命运的抗争中经受怎样的痛苦：她先是茫然，面对没有一丝缝隙的茧壳，听不到声音，看不到光亮，找不到出路，几乎没有任何的希望；于是“她埋怨、气恼，然后就是焦急，甚至折磨自己，同时用死来对突不破的网表示抗议”。很显然，在蚕的面前面临着生死两种选择。全篇通过拟人和托物言志手法阐述了一个深刻的人生哲理：在人生的道路上，面对不期而遇的困苦磨难，我们应该自励自强，战胜险阻，自己拯救出自己；而怨天尤人，自叹自怜，都是无济于事的。朗诵时要注意营造诗意空间，注意完整的故事表达。

落　叶

杜渐坤

落叶在春天纷纷而下，这是南国特有的奇观。北国的朋友也许以为怪异。因为，在你们那里，落叶在秋而不在春。当峭厉的西风把天空刷得愈加高远的时候；当陌上阡头的孩子望断了最后一只南飞雁的时候；当辽阔的大野无边的青草被摇曳得株株枯黄的时候——当这个时候，便是秋了，便是树木落叶的季节了。

北国的落叶，渲染出一派多么悲壮的气氛！落叶染作黄金色，或者竟是朱红绀赭罢。最初坠落的，也许只是那么一片两片，像一只两只断魂的金蝴蝶。但接着，便有沙沙哗哗的金红的阵雨了。接着，便在树下铺出一片金红的地毡。而在这地毡之上，铁铸也似的，竖着光秃秃的疏落的树干和树桠，直刺着高远的蓝天和淡云。

这便是北国“无边落禾萧萧下”的壮观。

南国的落叶却不是这般情景。落叶的颜色是浓重的苍青。在地上铺出苍青的织锦，而在树上，也是浓重繁密的苍青色，教你抬头看不见一点蓝天的影子。可是，在这浓密的苍青的树冠上，你看吧，春潮般的泛起来多少嫩绿的新叶的波浪！

这是万木争荣的季节。在遥远的地平线上，威严地站立着的，已不是冷酷的冬。老叶不必窸窣，或者说不必作那悲壮的自我牺牲来保护树木过冷酷的冬罢。在这里，就连冬天的阳光也灿烂如碎金，雨水温润而充足，地表下有取之不尽的营养。万木在和风中一样做它们欢乐的梦。

时序如轮旋。秋天过去了。冬天过去了。司春之神于是欣然驾临。蜂蝶成群来起舞，百鸟结队来唱歌，杂花纷然披陈于枝梢上。氤氲的南国，这时已装载不下旺盛的勃发的生机。

而这时，我走在无论哪一个林子里，无论哪一棵树下，我都欣喜地看见每一棵树上都蓬勃地努发出新叶。我看见新叶高出老叶覆盖的树冠。我听见新叶在歌唱，唱它们新生代的歌，我听见新叶在呼唤，呼唤未来的鲜花和甘果。

于是，我看见老叶意识到自己历史使命的即将完成。

老叶沙沙哗哗而下了。然而，老叶没有悲戚。老叶也一样唱它们雄壮豪迈的进行曲。老叶融入春泥，老叶化作玉露琼浆，滋润着大树上新叶的生长。

这是一幅多么伟大的充满希望的图画！

于是，无论在哪一棵树下，我都进入一种庄严的忘我的思考。

阅读提示：本篇散文诗选自1987年3月18日《光明日报》。作者用落叶这一自然现象为线索，对北国的落叶和南国落叶展开对比描写，展现两地落叶的不同景象。北国的落叶是一幅悲壮的图画，而南国的树木经常是老叶落下，新叶勃发，以自我的吐故纳新带给人间的是无限的希望。全文运用比喻的手法，意蕴深邃，含蓄隽永。朗诵时要注意采用舒缓的语调。

黎明的歌

徐　刚

我的住处就靠在马路边上，不要说人来人往及各种机械的喧闹声吧，汽车喇叭声也是一直到深夜仍不停息；我每次在灯下读书、写文章时，总深深地感到噪声的可怕，希望哪怕是有片刻的宁静。

但生活中的另外一种声音，却是一直使我感动、振奋，甚至不听见时便像缺少什么似的——

这是和黎明一起来到的声音，

这是和小鸟一起飞临的声音，

它不是歌声又仿佛歌声一样……

冬天，曙色来得特别慢。当路灯的投影还在我的墙壁上晃动，这种声音便在窗外响起来了。它是单调的——日复一日，年复一年——“刷、刷、刷”，这是扫地的声音。秋末冬初，因为地上的落叶多，这声音便显得沉重一些，而且还不时伴着落叶飘动时的“窸窣”声。冬深以后，雪花纷纷，扫雪时便又有别一种轻柔的“沙沙”声……这声音催我赶紧起床，像打仗一样做好早点，然后匆匆忙忙地吃完，便去上班。上班的路是整洁的、光亮的；倘若是下雪天，雪地中的那一条小路，能使多少孩子、妇女、老人免于跌倒。小路上各种各样的脚印交织在一起，又散向都市的四面八方。我觉得，这一切都好像一首无字的诗、无声的歌。

每一个走路的人，骑车的人，每一个坐着公共汽车或小轿车的人，是都应该想一想清洁工人的——那些在寒风中用一把偌大的竹枝扫帚扫着垃圾、落叶、冰雪的人。假如以貌取人，他们也许最不起眼了：那补了又补的工作服，工作服上又落满了尘土。但我们可以在他们的帽子、头巾上看到薄薄的白霜——这是早起的象征。黎明什么时候到，清洁工人什么时候到，甚至到得更早，伴着星光、伴着月。

衣装是不能代表容貌的，更不用说心灵了。我时常惊奇地发现：那些年轻的扫地的姑娘，一样有着清秀的面庞、闪亮的眼睛、苗条的身材。她们专心致志地扫地，不也寄托着对生活的爱和美的追求吗？

即便是在春风和煦的早晨，清洁工人也照常在扫地，为街道整容，为人们创造清洁的环境。为他人的生活创造美的人，心灵是美的。我愿把黎明的歌，献给清洁工人。

一九八〇年冬　北京

阅读提示：本篇散文诗对清洁工人的日复一日的平凡劳动发出了由衷的礼赞。作者熟悉清洁工人的辛苦生活，善于从清洁工人的日常生活中发掘出闪光的美。全篇先是以声写人："日复一日，年复一年——'刷、刷、刷'，这是扫地的声音。"再是以形写人："他们也许最不起眼了：那补了又补的工作服，工作服上又落满了尘土。"最后作者发出了动情的褒扬："为他人的生活创造美的人，心灵是美的。我愿把黎明的歌，献给清洁工人。"朗诵时要注意体会篇中诗一般的语言，要表达出作者对清洁工人的真挚感情。

橡胶树(节选)

傅天琳

云南。我向往中的植物园。

我们的车动身了。从思茅开往版纳。有着充分的阳光和雨水。我熟习的竹。在四川清清秀秀。仙袂飘飘宛如村姑。在这儿却气度轩昂。

一排树转过身来。小腿扎着绷带。整整齐齐。列队向我。皮肤灰白相间。浸出病的斑迹。几粒绿粉。薄薄洒在树尖——是橡胶树！我猝然一惊。

它怎样长得像这个模样？这完全的奉献者。在众多姐妹的簇拥中。它显得太可怜太寒碜了。

油棕的锯齿多棱。叶隙洒下碎金；槟榔树踮起光洁而苗条的腿。翩翩旋转16岁的花蕾；还有叶子花粉红胭红血红。金瀑垂悬。烂缦得要死。我进入我向往的圣地了。我愉悦我清新。我的眼光绚丽多姿。可是。那小腿扎着绷带列队向我的树呢？道旁的仪仗队没有它。公园的歌舞队没有它。而在我的意识里。挥也挥不去它。

我没有看见刀。却看见了刀的痕迹；没有看见血。却看见血痂结满忧郁；看见被辱者的悲痛。如落叶一片片趴进草丛刊。等待拂晓。

树怕剥皮。人怕伤心。我痛。压抑的痛。受伤的橡胶树。它知道痛吗?

虽然一路美景蓬勃。蔷薇和蕉叶的体香再次搔我。蕨和藤和各种小灌木的柔腕再次缠我。我依然在自己制造的凄凉气氛中。想象乘坐的小车是一种流亡。

我是不是能逃出悲剧寻到另外一片乐土圣地呢?

眼前。勐海县的落日红得透亮。忽然一大群橡胶树涌来。可谓千军万马。可谓雷霆万钧。绿色兵团占据了一座又一座山峰。那浩浩荡荡的独脚绑腿。那重堆叠叠的悲壮神色。那苍翠的呐喊响彻了一条亚热带。比起来。那些槟榔那些油棕。虽然到处都是。也只能算着散兵游勇了。

我走进树。我看见伤痕下的白线了。在流动。流进一只碗里。是血。是乳。我分不清楚;是忍受。是宽容。我分不清楚。

橡胶树。我在你的血和乳里。忍受和宽容里痛哭!

我还想说点什么。一个转弯。橡胶树又一掌推我至三百米以外。在迎风的山口。赠我一幅匍匐而不倒地的群体雕像。再看那些叶子。绿色四溅得噼噼啪啪。汪洋而慷慨。显示风的转动。我不再可怜橡胶树了。不是不再。是不敢。不配。人不及它。人的悲痛没有它深。却又喊又叫;人的意志没有它坚挺。却又夸又闹。人可以利用权利和诡计随随便便践踏一个人。可是。人不敢。不敢轻视一棵橡胶树。

整整一生都受着伤害的橡胶树啊。自己为自己擦干血迹。自己为自己打好绷带。然后。自己站起来。从容不迫。奔赴自己的厄运。在这个世界上。唯悲痛是生存的条件和气力。气力转入内心。

内心海阔天空。

它活得上好。它仿佛在说:你可以剐。我可以生;你可以再剐。我可以再生。

他说得极轻。极柔。似有似无。而我听见了。我再也没法将自己从橡胶树上剥开。我的皮肤我的血液我的气味。我的葱茏的头发。我的汪洋恣肆的叶绿素。我与橡胶树已成为两个自我。相互关照相互审视。我真实地清晰地看见了自己。比较满意。当韧性的根扎进生命底层。沿着灰白斑斑的树干上升到叶片。我真正地触模到了自己的圣地。自己的宗教。自己的佛。

“橡胶树。像打满绷带的兵士。”我曾对一个人说。

“橡胶树。像斜挂绶带的将军。”我再次对一个人说。

阅读提示:本篇散文诗选自《往事不落叶》,四川人民出版社1992年版。通过“我”的所见所思和心灵独白,由衷赞美橡胶树彻底的奉献精神和忍耐、宽容、坚韧和从容不迫的可贵品质。全篇写到橡胶树的生存状态是满身刀痕,结满血痂,它没有油棕、槟榔树的绚丽多姿;然而,它像“打满绷带的战士”和“斜挂绶带的将军”,总是“自己为自己擦干血迹,自己为自己打好绷带,然后,自己站起来,从容不迫”,把内心的悲痛默默转化为顽强的生命力,乐观、宽容、坚韧地生活。篇中对比、拟人和比喻手法的贴切运用,既形象地刻画出橡胶树伤痕累累的外形,又高度地赞美了橡胶树坚韧的品质和从容气度。朗诵时要注意体会橡胶树的奉献精神,准确表达作者对橡胶树的深情。

夏感

梁衡

充满整个夏天的是一种紧张、热烈、急促的旋律。

好像炉子上的一锅水在逐渐泛泡、冒气而终于沸腾一样，山坡上的芊芊细草长成了一片密密的厚发，林带上的淡淡绿烟也凝成了一堵黛色长墙。轻飞曼舞的蜂蝶不见了，却换来烦人的蝉儿，潜在树叶间一声声地长鸣。火红的太阳烘烤着一片金黄的大地，麦浪翻滚着，扑打着远处的山，天上的云，扑打着公路上的汽车，像海浪涌着一艘艘舰船。金色主宰了世界上的一切，热风浮动着，飘过田野，吹送着已熟透了的麦子的香味。那春天的灵秀之气经过半年的积蓄，这时已酿成一种磅礴之势，在田野上滚动，在天地间升腾。夏天到了。

夏天的色彩是金黄的。按绘画的观点，这大约有其中的道理。春之色为冷的绿，如碧波，如嫩竹，贮满希望之情；秋之色为热的赤，如夕阳，如红叶，标志着事物的终极。夏正当春华秋实之间，自然应了这中性的黄色——收获之已有而希望还未尽，正是一个承前启后，生命交替的旺季。你看，麦子刚刚割过，田间那挑着七八片绿叶的棉苗，那朝天举着喇叭筒的高粱、玉米，那在地上匍匐前进的瓜秧，无不迸发出旺盛的活力。这时她们已不是在春风微雨中细滋慢长，而是在暑气的蒸腾下，蓬蓬勃发，向秋的终点作着最后的冲刺。

夏天的旋律是紧张的，人们的每一根神经都被绷紧。你看田间那些挥镰的农民，弯着腰，流着汗，只是想着快割，快割；麦子上场了，又想着快打，快打。他们早起晚睡亦够苦了，半夜醒来还要听听窗纸，可是起了风；看看窗外，天空可是遮上了云。麦子打完了，该松一口气了，又得赶快去给秋苗追肥、浇水。“田家少闲月，五月人倍忙”，他们的肩上挑着夏秋两季。

遗憾的是，历代文人不知写了多少春花秋月，却极少有夏的影子。大概，春日融融，秋波澹澹，而夏呢，总是浸在苦涩的汗水里。有闲情逸致的人，自然不喜欢这种紧张的旋律。我却要大声地赞美这个春与秋之间的黄金的夏季。

阅读提示：作者通过对夏天全方位、立体化的描写，表现出夏日大地的充实、厚重和沉稳，大声赞美了春与秋之间的黄金的夏季，正是一个承前启后，生命交替的旺季，表达了作者对夏天的独到感受。这首散文诗开篇总写夏天的景象，仿佛是俯视式扫描，寥寥几个镜头，热气腾腾的夏天如在眼前。接着，在与春和秋的对比中描写夏天的色彩，赞美夏天充满着活力。转而又以劳动者的生活写夏天有着快节奏的旋律。最后点题，夏天“总是浸在苦涩的汗水里”。作者热情讴歌了汗水和生命、劳动和创造。篇中运用比喻、拟人、排比、衬托等手法，把夏天写得声、色、味俱全，情、理、趣毕现。朗诵时要注意准确表达贯穿全篇的积极昂扬的主基调。

秋天的怀念

史铁生

双腿瘫痪后,我的脾气变得暴怒无常。望着望着天上北归的雁阵,我会突然把面前的玻璃砸碎;听着听着李谷一甜美的歌声,我会猛地把手边的东西摔向四周的墙壁。母亲这时就悄悄地躲出去,在我看不见的地方偷偷地听着我的动静。当一切恢复沉寂,她又悄悄地进来,眼圈红红的,看着我。"听说北海的花儿都开了,我推着你去走走。"她总是这么说。母亲喜欢花,可自从我的腿瘫痪后,她侍弄的那些花都死了。"不,我不去!"我狠命地捶打这两条可恨的腿,喊着:"我活着有什么劲!"母亲扑过来抓住我的手,忍住哭声说:"咱娘儿俩在一块儿,好好儿活,好好儿活……"

可我却一直都不知道,她的病已经到了那步田地。后来妹妹告诉我,她常常肝疼得整宿整宿翻来覆去地睡不了觉。

那天我又独自坐在屋里,看着窗外的树叶"唰唰啦啦"地飘落。母亲进来了,挡在窗前:"北海的菊花开了,我推着你去看看吧。"她憔悴的脸上现出央求般的神色。"什么时候?""你要是愿意,就明天?"她说。我的回答已经让她喜出望外了。"好吧,就明天。"我说。她高兴得一会儿坐下,一会儿站起:"那就赶紧准备准备。""唉呀,烦不烦?几步路，有什么好准备的！”她也笑了，坐在我身边，絮絮叨叨地说着：“看完菊花，咱们就去‘仿膳’，你小时候最爱吃那儿的豌豆黄儿。还记得那回我带你去北海吗？你偏说那杨树花是毛毛虫，跑着，一脚踩扁一个……”她忽然不说了。对于“跑”和“踩”一类的字眼儿。她比我还敏感。她又悄悄地出去了。

她出去了。就再也没回来。

邻居们把她抬上车时，她还在大口大口地吐着鲜血。我没想到她已经病成那样。看着三轮车远去，也绝没有想到那竟是永远的诀别。

邻居的小伙子背着我去看她的时候，她正艰难地呼吸着。别人告诉我，她昏迷前的最后一句话是：“我那个有病的儿子和我那个还未成年的女儿……”

又是秋天，妹妹推我去北海看了菊花。那黄色的花淡雅、白色的花高洁、紫红色的花热烈而深沉，泼泼洒洒，在秋风中正开得烂漫。我懂得母亲没有说完的话。妹妹也懂。我俩在一块儿，要好好儿活……

阅读提示：本篇选自《我与地坛》，人民文学出版社2008年版。作者和着泪水写下了一个催人落泪的故事，深情表达了对因病去世的母亲的深切怀念。这也是一曲母爱的颂歌。篇中讲述重病缠身的母亲，细心照顾双腿瘫痪的儿子，并鼓励儿子要好好地活下去的揪心故事。作者借助细节描写，尤其是注意人物的对话、动作、神态的细节刻画，并通过对比来表现母子之间的深情和对母亲的愧疚和感恩。如“我”的暴怒与母亲的体贴，“我”对生活的绝望与母亲坚定的鼓励；“我”对母亲病情的浑然不知与母亲的心中只有他人唯独没有自己的奉献精神等等。朴素的文字将母爱表达得那么神圣，那么高洁。朗诵时要注意准确表达母子之间的患难深情。

小　街

吕锦华

小镇，就一条街。

小街，半里长。

灰蒙蒙的路面。灰蒙蒙的楼屋。灰蒙蒙的店铺。灰蒙蒙的人脸。惟有偶尔几声婴儿的啼哭夺窗而出，高亢且洪亮，给小街带来几分生气，给小街带来几分话题。

小镇的历史写在街上。

小街的一头，立着一座建于宋代的石拱桥。高大的桥身已倾斜，结实的石级已不平。桥墩上每到春天总要挂满一串一串的迎春花，把古桥装点得一片庄严灿烂。另一头是一株百年老银杏。银杏下曾经是一块香火鼎盛的庙地。如今庙去人空，老树越见苍劲。树下却复归为一片菜地，菜地上尚留有两座字迹不清的石牌坊，记载着某年某月的一段故事。

难忘的是雨季。天潮潮地湿湿。小街是一架古老的琴。细细密密的雨点由轻而重。轻轻重重敲打着小街，低沉的节奏里自有一种寂寞与凄凉。时而有一股股细流沿瓦槽与屋檐潺潺泻下，像一片片敲击音乐与重滑音流过小街。于是，单调的节奏里又倏地增添了一种烦闷与不安。想冲破这雨帷。想走在小街上。

难忘的,还有雨后。雨后的小街,浮漾着一片湿湿的流光,灰而温柔,踩着凉凉的石块向前走去,四周是一片清新。这时,五婶的小摊上,锅里的水一定沸得直冒水泡。递一角钱上去,一碗漂着蛋丝葱花的馄饨便能立刻送到嘴边。抑或去"稻香村"小店买一卷五香梅饼。闲了一下午的桂公公会脸上笑得像一朵大理菊,递上一卷又添上两块。于是,酸酸甜甜的味儿便浸透了一个黄昏。没钱的时候就去打铁铺子,看匠人们将烧红的铁块像捏面团似的捏成长长圆圆方方,看弹棉花的伯伯,背着一架大弓将棉花拨弄得纷纷扬扬散散,看久了,自有一种难以形容的乐趣。当然,如果赶在下雨前躲进了阿明伯伯的小人书铺子,则另当别论。那会出现另一幅心景和情景。

在不能解诗的年龄,诗就写在小街上。

几乎每一个未长大的孩子都喜欢小街。几乎每一个长大了的孩子都想离开小街。是因为小街的天地太狭小。祖父曾雄心勃勃,想在小街的尽头立一座医院,然后闯荡世界。但病魔却狠心地夺去了他年轻的生命。父亲终于走出小街,却在外面磕绊数年后又回到街。在度过几十年的粉末生涯后,终于没再离开小街,尽管他的学生已走到了天涯海角。我如今虽然告别了小街,但心之胶片上却常浮现它的倩影。也许数年后我也会像父亲那样回来,但我将用另一种心境拥抱小街。我将在晨曦暮霭的沉思冥想中和小街共叙人生。

其实,半里长的小街与历史等长。一个又一个的生命从这里起航。

阅读提示：小街有历史，小街有生命。本篇所写小街的景、小街的雨、小街的人都显得诗意灵动。语言精致讲究，词组的排比、对仗都体现出作者的匠心。朗诵《小街》让人深感亲切，让人怦然心动。

丑　石

贾平凹

我常常遗憾我家门前的那块丑石呢：它黑黝黝地卧在那里，牛似的模样；谁也不知道是什么时候留在这里的，谁也不去理会它。只是麦收时节，门前摊了麦子，奶奶总是要说：这块丑石，多碍地面哟，多时把它搬走吧。

于是，伯父家盖房，想以它垒山墙，但苦于它极不规则，没棱角儿，也没平面儿；用錾破开吧，又懒得花那么大气力，因为河滩并不甚远，随便去掮一块回来，哪一块也比它强。房盖起来，压铺台阶，伯父也没有看上它。有一年，来了一个石匠，为我家洗一台石磨，奶奶又说：用这块丑石吧，省得从远处搬动。石匠看了看，摇着头，嫌它石质太细，不太采用。

它不像汉白玉那样的细腻，可以凿下刻字雕花，也不像大青石那样的光滑，可以供来浣纱捶布；它静静地卧在那里，院边的槐荫没有庇覆它，花儿也不再在它身边生长。荒草便繁衍出来，枝蔓上下，慢慢地，竟锈上了绿苔、黑斑。我们这些做孩子的，也讨厌起它来，曾合伙要搬走它，但力气又不足；虽时时咒骂它，嫌弃它，也无可奈何，只好任它留在那里去了。

稍稍能安慰我们的，是在那石上有一个不大不小的坑凹儿，雨天就盛满了水。常常雨过三天了，地上已经干燥，那石凹里水儿还有，鸡儿便去那里渴饮。每每到了十五的夜晚，我们盼着满月出来，就爬到其上，翘望天边；奶奶总是要骂的，害怕我们摔下来。果然那一次就摔了下来，磕破了我的膝盖呢。

人都骂它是丑石，它真是丑得不能再丑的丑石了。

终有一日，村子里来了一个天文学家。他在我家门前路过，突然发现了这块石头，眼光立即就拉直了。他再没有走去，就住了下来；以后又来了好些人，说这是一块陨石，从天上落下来已经有二三百年了，是一件了不起的东西。不久便来了车，小心翼翼地将它运走了。

这使我们都很惊奇！这又怪又丑的石头，原来是天上的呢！它补过天，在天上发过热，闪过光，我们的先祖或许仰望过它，它给了他们光明，向往，憧憬；而它落下来了，在污土里，荒草里，一躺就是几百年了?!

奶奶说："真看不出！它那么不一般，却怎么连墙也垒不成，台阶也垒不成呢?"

"它是太丑了。"天文学家说。

"真的，是太丑了。"

"可这正是它的美!"天文学家说，"它是以丑为美的。"

"以丑为美?"

"是的，丑到极处，便是美到极处。正因为它不是一般的顽石，当然不能去做墙，做台阶，不能去雕刻，捶布。它不是做这些玩意儿的，所以常常就遭到一般世俗的讥讽。"

奶奶脸红了，我也脸红了。

我感到自己的可耻,也感到了丑石的伟大;我甚至怨恨它这么多年竟会默默地忍受着这一切,而我又立即深深地感到它那种不屈于误解的寂寞的生存的伟大。

阅读提示:本篇散文诗作者通过对丑石在人间的遭遇的叙写,表达出一个深刻的哲理:作为天造之材,必定各有其用,"丑到极处"就是"美到极处"。赞扬丑石不迎合世人,不俯就世俗,不怕误会,甘于寂寞的本真精神。一块丑石带给读者的是心灵的震撼和共鸣:只有树立高度的自信,才会拥有美丽、完美的人生。这篇散文诗将一块石头的遭际讲故事式地娓娓道来,语言朴实,篇中对话直白、简短,平平淡淡,朗诵时要注意采用讲故事的语调。

风雨

贾平凹

树林子像一块面团子,四面都在鼓,鼓了就陷,陷了再鼓;接着就向一边倒,漫地而行;呼地又腾上来了,飘忽不能固定;猛地又扑向另一边去,再也扯不断,忽大忽小,忽聚忽散;已经完全没有方向了。然后一切都在旋,树林子往一处挤,绿似乎被拉长了许多,往上扭,往上扭,落叶冲起一个偌大的蘑菇长在了空中。哗地一声,乱了满天黑点,绿全然又压扁开来,清清楚楚看见了里边的房舍、墙头。

垂柳全乱了线条,当抛举在空中的时候,却出奇地显出清楚,霎那间僵直了,随即就扑撒下来,乱得像麻团一般。杨叶千万次地变着模样:叶背翻过来,是一片灰白;又扭转过来,绿深得黑清。那片芦苇便全然倒伏了,一节断茎斜插在泥里,响着破裂的颤声。

一头断了牵绳的羊从栅栏里跑出来,四蹄在撑着,忽地撞在一棵树上,又直撑了四蹄滑行,末了还是跌倒在一个粪堆旁,失去了白的颜色。一个穿红衫子的女孩冲出门去牵羊,又立即要返回,却不可能了,在院子里旋转,锐声叫唤,离台阶只有两步远,长时间走不上去。

槐树上的葡萄蔓再也攀附不住了,才松了一下屈蜷的手脚,一下子像一条死蛇,哗哗啦啦脱落下来,软成一堆。无数的苍蝇都集中在屋檐下的电线上了，一只挨着一只，再不飞动，也不嗡叫，黑乎乎的，电线愈来愈粗，下坠成弯弯的弧形。

一个鸟巢从高高的树端掉下来，在地上滚了几滚，散了。几只鸟尖叫着飞来要守住，却飞不下来，向右一飘，向左一斜，翅膀猛地一颤，羽毛翻成一团乱花，旋了一个转儿，倏乎在空中停止了，瞬间石子般掉在地上，连声响儿也没有。

窄窄的巷道里，一张废纸，一会儿贴在东墙上，一会儿贴在西墙上，突然冲出墙头，立即不见了。有一只精湿的猫拼命地跑来，一跃身，竟跳上了房檐，它也吃惊了；几片瓦落下来，像树叶一样斜着飘，却突然就垂直落下，碎成一堆。

池塘里绒被一样厚厚的浮萍，凸起来了，再凸起来，猛地撩起一角，唰地揭开了一片；水一下子聚起来，长时间的凝固成一个锥形；啪地摔下来，砸出一个坑，浮萍冲上了四边塘岸，几条鱼儿在岸上的草窝里蹦跳。

最北边的那间小屋里，木架在吱吱地响着。门被关住了，窗被关住了，油灯还是点不着。土炕的席上，老头在使劲捶着腰腿，孩子们却全趴在门缝，惊喜地叠着纸船，一只一只放出去……

阅读提示：本篇为写景的散文诗。作者采用极细腻的笔触，用拟人、夸张、比喻和细节描写等手法，从不同的角度白描出狂风急雨中不同景物的形态，既生动形象，又富于情趣。标题为《风雨》，但全篇却无“风雨”二字。诵读之后，又觉得无处不是在描写风雨，无处不是在体现风姿雨态。朗诵时注意品味作者在文字节奏上的轻重缓急和白描功夫，通过朗诵呈现给听众变换而又清晰的画面感。

山　雨

赵丽宏

来得突然——跟着那一阵阵湿润的山风，跟着那一缕缕轻盈的云雾，雨，轻轻悄悄地来了……

先是听见它的声音，从很远的山林里传来，从很高的山坡上传来——

沙啦啦，沙啦啦……

像一曲无字的歌谣，神奇地从四面八方飘然而起，并且逐渐清晰起来，响亮起来，由远而近，由远而近……

雨声里，想起了李商隐的诗："潇洒傍回汀，依微过短亭。气凉先动竹，点细未开萍。稍促高高燕，微疏的的萤……"仿佛就是写着我此刻的感觉。雨，使这山中的每一块岩石，每一片树叶，每一丛绿草，都变成了奇妙无比的琴键，飘飘洒洒的雨丝是无数轻捷柔软的手指，弹奏出一阕又一阕优雅的、带着幻想色彩的小曲……"此曲只应天上有"呵！

雨使山林改变了颜色。在阳光下，山林的色彩层次多得几乎难以辨认，有墨绿、翠绿，有淡青、金黄，也有火一般的红色。在雨中，所有色彩都融化在水淋淋的嫩绿之中，绿得耀眼，绿得透明。这清新的绿色仿佛在雨雾中流动，流进我的眼睛，流进我的心胸……

这雨中的绿色，在画家的调色板上是很难调出来的，然而只要见过这水淋淋的绿，便很难忘却。记忆宛若一张干燥的宣纸，这绿，随着丝丝缕缕的微雨，悄然在纸上化开，化开……

去得也突然——不知在什么时候，雨，悄悄地停了。风也屏住了呼吸，山中一下变得非常幽静。远处，一只不知名的鸟儿开始啼啭起来，仿佛在倾吐着浴后的欢悦。远处，凝聚在树叶上的雨珠继续往下滴着，滴落在路畔的小水洼中，发出异常清脆的音响——

叮——咚——叮——咚……

仿佛是一场山雨的余韵。

阅读提示：本篇作者以独特的感受、清新的笔调描绘了一幅声色俱佳的山林雨景图，字里行间洋溢着作者对山雨、对大自然那份浓浓的喜爱之情。全篇按雨来、雨中、雨后的顺序来写。写雨来主要描写了山雨来得突然，由远而近的雨声如无字的歌谣飘然而起；写雨中主要着笔于山雨带来的音韵美和色彩美；写雨后先要通过对鸟儿啼啭、雨珠滴落的声响描绘，突出了雨后山林的幽静。篇中运用比喻、拟人等修辞手法并调动读者的视觉、听觉，如，将雨来时的声音比作“无字的歌谣”，将雨至时的声音比作“优雅的小曲”，将雨过时雨珠滴落的声音比作“一场山雨的余韵”，恰到好处地表现了不同时段的山雨的不同特点，突出了山雨所特有的音韵美，寄情于景、情景交融。朗诵时要注意体会并准确表达作者对山雨、对大自然的喜爱之情。

素面朝天

毕淑敏

素面朝天。

我在白纸上郑重地写下了这个题目。夫走过来说,你是要将一碗白皮面,对着天空吗?

我说有一位虢国夫人,就是杨贵妃的姐姐,她自恃美丽,见了唐明皇也不化妆,所以就被称为……

夫笑了,说,我知道。可是你并不美丽。

是的,我不美丽。但素面朝天并不是美丽女人的专利,而是所有女人都可以选择的一种生存方式。

看着我们周围。每一棵树、每一叶草、每一朵花,都不化妆,面对骄阳、面对暴雨、面对风雪,它们都本色而自然。它们也会衰老和凋零,但衰老和凋零也是一种真实。作为万物灵长的人类,为何要将自己隐藏在脂粉和油彩的后面?

见一位化过妆的女友洗面,红的水黑的水蜿蜒而下,仿佛洪水冲刷过水土流失的山峦。那个真实的她,像在蛋壳里窒息得过久的鸡雏,渐渐苏醒过来。我觉得这个眉目清晰的女人,才是我真正的朋友。片刻前被颜色包裹的那个形象,是一个虚伪的陌生人。

脸，是我们与生俱来的证件。我的父母，凭着它辨认出一脉血缘的延续；我的丈夫，凭着它在茫茫人海中将我找寻；我的儿子，凭着它第一次铭记住了自己的母亲……每张脸，都是一本生命的图谱。连脸都不愿公开的人，便像捏着一份涂改过的证件，有了太多的秘密。所有的秘密都是有重量的。背着化过妆的脸走路的女人，便多了劳累，多了忧虑。

化妆可以使人年轻，无数广告喋喋不休地告诫我们。我认识的一位女郎，盛妆出行，艳丽得如同一组霓虹灯。一次半夜里我为她传一个电话，门开的一瞬，我惊愕不止。惨亮的灯光下，她枯黄憔悴如同一册古老的线装书。“我不能不化妆。”她后来告诉我，“化妆如同吸烟，是有瘾的，我现在已经没有勇气面对不化妆的我。化妆最先是为了欺人，之后就成了自欺。我真羡慕你啊！”从此我对她充满同情。

我们都会衰老。我镇定地注视着我的年纪，犹如眺望远方一幅渐渐逼近的白帆。为什么要掩饰这个现实呢？掩饰不单是徒劳，首先是一种软弱。自信并不与年龄成反比，就像自信并不与美丽成正比，勇气不是储存在脸庞里，而是掌握在自己手中。化妆品不过是一些高分子的化合物、一些水果的汁液和一些动物的油脂，它们同人类的自信与果敢实在是不相干的东西。犹如大厦需要钢筋铁骨来支撑，而决非几根华而不实的竹竿。

常常觉得化了妆的女人犯了买椟还珠的错误。请看我的眼睛！浓墨勾勒的眼线在说。但栅栏似的假睫毛圈住的眼波，却暗淡犹疑。请注意我的口唇！樱桃红的唇膏在呼吁。但轮廓鲜明的唇内吐出的话语，却肤浅苍白……化妆以醒目的色彩强调以至强迫人们注意的部位，却往往是最软弱的所在。

磨砺内心比油饰外表要难得多,犹如水晶与玻璃的区别。

不拥有美丽的女人,并非也不拥有自信。美丽是一种天赋,自信却像树苗一样,可以播种可以培植可以蔚然成林可以直到地老天荒。

我相信不化妆的微笑更纯洁而美好,我相信不化妆的目光更坦率而真诚,我相信不化妆的女人更有勇气直面人生。

假若不是为了工作,假若不是出于礼仪,我这一生,将永不化妆。

阅读提示:本篇作者以女性的视角,用形象而生动的比喻,讲明了何以素面朝天的道理:自然的本性就是自然,只有自然的才是最美的。篇中讲到两个女性化妆失误的故事,反衬素面朝天的好处。朗诵时要注意体会文中那些生动的比喻、深刻的事理与朴实的文风,朴实的东西往往最珍贵,最容易打动人心。

水墨周庄

王剑冰

一

水贯穿了整个周庄。

水的流动的缓慢,使我看不出它是从何处流来,又向何处流去。仔细辨认的时候,也只是看到一些鱼儿群体性地流动,但这种流动是盲目的、自由的,它们往东去了一阵子,就会猛然折回头再往西去。水形成它们的快乐。在这种盲目和自由中一点点长大,并带着如我者的快乐。只是我真的不知道这水是怎么进来的。

在久远的过去,周庄是四面环水的,进入周庄的方式只能是行船。出去的方式必然也是行船。网状的水巷便成了周庄的道路。道路是窄窄的,但通达、顺畅,再弯的水道也好走船,即使进出的船相遇,也并不是难办的事情。眼看就碰擦住了,却在缝隙间轻轻而过,各奔前程。

真应该感谢第一个提出建造周庄水道的人,这水道建得如此科学而且坚固。让后人享用了一代又一代,竟然不知他的姓名。难道他是周迪功郎吗？或者也是一个周姓的人物？

真的是不好猜疑了。水的周而复始的村庄，极大程度地利用了水，即使是后来有了很大的名气，也是因了水的关系。

水使一个普通的庄子变得神采飞扬。

二

我在这里突然想到了一个词：慵懒。

这是一个十分舒服的词，而绝非一个贬意词。在夜晚的水边，你会感到这个词的闪现。竹躺椅上，长条石上，人们悠闲地或躺或坐，或有一句无一句地答着腔，或摇着一把陈年的羽扇。

有人在水边支了桌子，叫上几碟小菜，举一壶小酒，慢慢地酌。一条狗毫无声息地卧在桌边。

屋子里透出的光都不太亮，细细的几道影线，将一些人影透视在黑暗里。猛然抬头的时候，原来自己坐的石凳旁躬着一座桥，黑黑地躺在阴影中。再看了，桥上竟坐了一个一个的人，都无声。形态各异地坐着，像是不知怎么打发这无聊的时间。其中一个人说了句什么，别人只是听听，或全当没听见，下边就又没了声音。

水从桥下慢慢地流过，什么时候漂来一只小船，船上一对男女，斜斜地歪着，一点点、一点点地漂过了桥的那边去。有店家开着门，却无什么人走进去，店主都在外边坐着。问何以不关门回家，回答说，关门回家也是坐着，都一样的。

有人举手打了个哈欠，长长的声音跌落进桥下的水中，在很远的地方有了个慵懒的回音。

三

黎明,我常常被一种轻微的声音叫醒,一声两声,渐渐地,次第而起,那是一种什么声音呢？推开窗子时,也出现了这种声音。这种木质的带有枢轴的窗子,在开启时竟然发出了常人难以听到的如此悦耳的声音。

这是清晨的声音,是明清时代的声音。也许在多少年前的某一个清晨,最早推开窗子的是一双秀手,而后一张脸儿清灵地让周庄变得明亮起来。

睡在这样的水乡,你总是能够产生疑惑,时间是否进入了现代。

那一扇扇窗子打开的时候,就好像是打开了生活的序幕,一景景的戏便开始上演。有的窗子里露出了开窗人的影像,他们习惯似的打望一眼什么,有的窗子里伸出了一个钩钩,将一些东西挂在窗外的绳子上,有的窗子里就什么也没有露出来。

晨阳很公平地把光线投进那些开启的窗子里,而后越过没有开启的窗子,再投进开启的窗子里。

四

油菜是植物类种在大地上涂抹得最艳丽的色块,它们绝不是单个的出现,如果路边和沟渠边有株零星的,也是那彩笔无意间滴落的汁点。

油菜整块整块地铺在大地上,仿佛江南女子晾晒的方巾,又仿佛是一块块耀眼的黄金。油菜花在四周里舞动的时候,就有股色彩的芳香浓浓地灌进了周庄。那种芳香让人想到雅致，想到端庄，想到优美的舞姿。

周庄的四周除了波光潋滟的水，便是这富贵的油菜花了。雨也总是在这时间来，还有蝶，还有蜂。古朴的周庄被围在其中，反差中显得极有一种美感。

五

在这油菜花纷攘的季节，最高兴的还是那些蝴蝶，它们不知从何处而来，平时不见，这会竟一下子来了那么多。

蝴蝶是最美丽的舞者，也是最实诚的舞者，它绝不像蜜蜂那样嘤嘤嗡嗡，边舞边唱。它就是无声地飞，无声地欢呼。你要是闭上眼睛听是听不见它的来临的，但你先看了它的来，再闭上眼睛，你就看见了它的舞了，它的舞甚至比睁开眼睛看还好看。你闭得眼睛时间久了，那蝶舞着舞着就会舞到你的幻觉里去。

一个叫庄周的人不就是弄混了，到底是自己梦到了蝶呢？还是自己在蝶的梦里？

慢慢地我也快弄混了，我这里说的是庄周梦蝶，还是周庄梦蝶呢？

不管是谁弄糊涂了，反正大批大批的舞者姗姗而来，拥绕着油菜花，拥绕着一个善于让人做梦的村庄。

六

坚硬与柔软的关系，似是一种哲学的概念，有一点深奥，我的哲学学得不好,我就只有直说,其实就是石头与水的关系。

从来没感觉到石头与水的关系搞得这么亲近,水浸绕着石头,石头泡在水里,不,就像是石头从水里长出来一样,长到上边就变成了房子,一丛丛的房子拥拥挤挤地站在水中,将自己的影子再跌进水中,让水往深里再栽种起一叠叠的石头和房子。

多少年了,这水就这样不停地拍打着这些石头这些房子,就像祖母一次次拍打着一个又一个梦境。

这些石头这些房子也因为有了这水,才显得踏实、沉稳,不至于在风雨中晃动或歪斜。

我有时觉得这水是周庄的守卫,为了这些石头,这些房子,每日每夜在它们的四周巡游。有了这些水的滋润,即使是苦难也会坚持到幸福,因为石头知道了水的力量。这样,也许水就姓周,而石头姓庄。

阅读提示:本篇散文诗选自《水墨周庄》,漓江出版社2018年版。作者不仅用如画的笔描绘了周庄的水、周庄的桥,还融入时代感地加入了自己的思考。周庄的小桥、流水、窗子、蝴蝶、油菜花等意象共同营造了一个静谧、温馨的人间仙境。让读者感受到了周庄细腻的内心,感受到了心灵的松懈与沉静。作者不仅将油菜花与飞舞的彩蝶融进了周庄的景致,还运用了哲学的观点,阐述着周庄的坚硬与柔软,那就是“石头与水的关系”,得出“也许水就姓周,而石头姓庄”的结论。朗诵时要注意体会作者的深沉思考,通过朗读呈现周庄的静和美。

自然的旋律

陶　冶

雨

雨,好大的雨哟……

家家户户的窗子上,挂起雨丝织成的帘栊了！无数的屋檐上,跌泻着无数雨的瀑布了！氤氲的大地上,纵横决荡着雨的溪涧,雨的山洪,雨的江河了……

屋后的小池塘里,冒着千千万万个水泡,是小池塘的水沸腾了么？门口的青石板上,跳动着千千万万颗晶莹剔透的珠玑,是嫦娥的珍宝盒被玉兔碰翻了么？屋前的石子路上,溅起了千千万万缕细细的水雾,是大地在冒热气了么？

雨,纵情地,富有音乐地敲奏着屋顶、铁桶、瓷盆、水缸……发出一片“叮叮咚咚”“沙啦沙啦”“嘀嘀笃笃”“当朗当朗”的鸣响。这是些什么乐器在欢唱呢？大厅里的钢琴？水榭上的古筝？椰林深处的象脚鼓？抑或是天山脚下的萨巴衣……呵,天空中飘洒着的,哪是雨滴哟,不分明是密密麻麻的音符吗？

太阳出来了，刹那间，透明的雨变成了七彩的雨。红色的雨滴、黄色的雨滴、绿色的雨滴、蓝色的雨滴……都闪耀着璀璨的光芒。呵，布满天空的，哪里是雨滴哟，不分明是五光十色的流星？不分明是绚丽缤纷的礼花吗？

到处韶乐高奏，到处流光溢彩，这是在赞美、庆贺我们美好的生活么？

雪

清晨醒来，开门仰望，漫天都是团团簇簇、纷纷扬扬的白色碎片在飘飞。这是什么碎片呢？是刚才那梦的碎片么？

一夜之间，是谁，拆掉了那座年代久远的木桥，重造了一座汉白玉的新桥？是谁，拔走了一株株落叶乔木，栽上了一丛丛洁白的珊瑚？是谁，填平了村前坎坷的小路，铺出了银光闪闪的坦途？……

啊，是雪，是兆丰年的瑞雪啊！

大地，白茫茫的；天空，也是白茫茫的。鹅毛似的大雪，在尽情地嬉戏、追逐、飞舞。真是一派“小河与雪花齐飞，大地贯长天一色”的奇异景象啊！雪花为什么如此激动，如此兴奋呢？是她给草木带来春天的消息了么？是她就要化作甘霖，把自己的身体献给麦苗了么？

怪了，整个天宇中，为什么嬉戏的没有喧闹，追逐的没有呼唤，舞蹈的没有欢笑？还有，小河里那“吱吱呀呀”的桨声呢？屋檐下那“啾啾啾啾”的歌声呢？牛背上那悠悠扬扬的笛声呢？……嗯，是了，默默地美化大地，滋润田原，传播喜讯，这正是雪花的性格啊！瞧，那大地上的一切生命，不正盖着雪的棉被，无惊无扰地沉睡在玫瑰色的梦乡里吗?

啊！漫天的大雪，既是动的，又是静的，这是多么和谐的不和谐哟！

美丽、多情的雪花，悄悄地落着、落着……落得那样轻柔，轻柔得象一支欧罗巴的小夜曲，轻柔得象少女温暖的双臂，轻柔得象一首动人心弦的抒情诗……

阅读提示：《自然的旋律》选自1980年《青春》第7期，是由《雨》和《雪》两篇组成的一组散文诗。作者通过对自然界的“雨”“雪”现象的细致观察、美妙想象和浓郁的抒情，礼赞大自然给予我们的美好生活。作者写《雨》，是从形、声、色三个角度展开，白描出人间大雨倾盆时，到处“跌泻着无数雨的瀑布”“到处韶乐高奏，到处溢光流彩”的人间美景。写《雪》，作者变换了写作手法，先以设问制造悬念，接着动态描摹雪景、继之静态描摹雪景，最后收笔于总写。这两篇散文诗巧妙地用设问牵引读者的思维，篇章也更加浑然一体；排比手法一唱三叹利于抒情，象声词的广泛运用，让读者如临其境。朗诵时要做到声情并茂、朗诵节奏快慢结合，引读者进入雨雪之境。

河　床

李汉荣

河也有床，河躺在床上做着川流不息的梦。

河躺着，从远古一直到此刻，河不停地转弯改道，那是它在变换睡眠的姿势。

远远看去，河的睡相很安详。那轻轻飘动的水雾，是它白色的睡衣，时时刻刻换洗，那睡衣总是崭新的。

远远地听，河在低声打着鼾，那均匀的呼吸，是发自丹田深处的胎息。河是超然的，恬静的，它睡着，万物与它同时入静，沉入无限澄明的大梦。

河静静地躺着，天空降落下来，白云，星群降落下来，也许呆在高处总是失眠，它们降落下来，与河躺在一个床上，河，平静地搂着它们入梦。

一只鸟从河的上空飞过，它的影子落下来，于是它打捞自己的影子，它把更多的影子掉进河里了。于是世世代代的鸟就在河的两岸定居下来，它们飞着、唱着，繁衍着、追逐着，它们毕生的工作，就是打捞自己掉进水里的影子。

河依旧静静地躺着。河床内外的一切都是它梦中展开的情节，河躺着。它静中有动，梦中有醒，阔人的梦境里有着沸腾的细节。河躺着，它的每一滴水都是直立着的、行走着的、迅跑着的。一滴水与另一滴水只拥抱一秒钟就分手了，一个浪与另一个浪只相视一刹那就破碎了。一滴水永远不知道另一滴水的来历，一条鱼永远不知道另一条鱼的归宿。波浪，匆忙地记录着风的情绪；泡沫，匆忙地搜集水底和水面的消息，然后匆忙地消失了，仿佛美人梦中的笑，醒来，连她自己也不知道她曾经笑过。

匆忙，匆忙，每一滴水都匆忙地迅跑着，匆忙地自言自语着，匆忙地自生自灭着，远远地，我们看不见这一切细节，我们只看见，那条河静静地躺在床上。

有谁看见，河床深处，那些浑身是伤的石头？

阅读提示：本篇散文诗宛如一篇关于河与河床的童话。作者写看，写听，写想象，以生花妙笔描写了河的梦和醒，形和色，动和静，似真似幻，贴切的描摹令人惊叹。河之梦是和谐的，它平静地搂着从天空降下的白云、星群，一起入梦；河之梦是精彩的，鸟儿在这里飞翔、歌唱、繁衍、追逐，不停地“打捞自己掉进水里的影子”；河之梦是有“情节”的，你看得见“一滴水与另一滴水只拥抱一秒钟就分手了，一个浪与另一个浪只相视一刹那就破碎了”，还有小鱼、波浪、泡沫都在做自己的工作。这样的诗意画面，令人沉醉，更让人思索。人生也如河流般匆匆流过，我们如何把握？如何包容“那些浑身是伤的石头？”朗诵时要注意体会拟人化描述的段落，并做到声情并茂地朗读。

依然是雨

林　玲

小时候，好喜欢下雨。喜欢听那种叮叮当当的敲击声；喜欢那淅沥哗啦的渲泄声；喜欢雨水将大地洗了个澡之后的那份干干净净、清清爽爽的感觉。当然，最喜欢的还是那一片白茫茫的积水。好棒哟！小雄！小辉！阿美！阿珠！来啊！快来啊！我们来玩打水战、放小船吧！乐喔！从嘴角直笑到眼睛里；又从脸上扩散到全身的每一个角落。跳啊！蹦啊！跑啊！追啊！什么也不欠缺了。

渐渐地，因为妈妈和老师都说："下雨天，可别忘了带雨具喔！淋了雨，会感冒，会生病的啊！"雨，也慢慢地不再是那种朝思夕盼的恩物了。不下也好，免得带雨具又烦又重的。但是如果出门时毫无征候；快放学时才突然下起雨来，要很突然才好，让妈妈和爸爸都来不及送雨具。我们就可以好好地表演一下自己的勇敢了。冲啊！雨丝从脸上滑到脖子里，凉凉的、冰冰的，从头直到脚，好痛快、好舒服。一边跑，一边张着嘴，让雨点像小弹珠似的投进口中。清清爽爽的，有一种似有似无的甜味。管他"落汤鸡"是副什么模样！一伙人嘻嘻哈哈地在雨丝中穿梭实在好玩，一切都可以不管，反正嘛！又不是我的错。天上的事，我哪知道！回家也不会挨骂的。是天有不测风云的啊！反倒是赚了一笔疼,又骗了一顿怜,蛮划算的呢!

后来,长大了。很惊奇地发现,还有“调调”这种叫人如痴如醉的东西。它象征着一个人的风雅与脱俗。像雨中漫步,伞下听雨鸣,海边观雨景等等。不全都是很美、很别致、很调调的吗?令人老有一种莫名其妙的盼望与向往。

结婚了。另一半的他,似乎比我更爱雨。他常常三更半夜,还不会忘了提醒我说:

“你听!下雨的声音多美!”

“嗯!”我当然不能糊糊涂涂地说不美而自贬身价啰!但我不得不承认它是最佳的催眠曲。下雨天,天气凉爽,睡觉格外的酣甜、舒坦。这是真的。

孩子来了之后,忙碌的事情增多了,再也没有闲情逸致去制造或强调什么调调不调调了。原来对于雨的那份情感也自然淡漠了。甚至要不是体谅农作物没有雨水是不行的这件事的话,还真希望一年三百六十五天,天天都是太阳的天下才好呢!因为一到下雨天,孩子的尿布晒不干;却偏偏就是尿个不停,尿个没完没了的。弄得东是尿布,西是尿布;头顶上碰到的是尿布,脚底下踩到的还是尿布。湿漉漉的,找块干净的还真不容易呢!为此,我对雨失去了好感,还多次地诅咒过它。

雨让我感到害怕,倒还只是去年的事。原来大家都说:“屏东不会有什么台风的啦!”恒春虽然常和台风扯在一起,但它离市区还远着呢!各人头上一片天。大家一直都没把它放在心上,看在眼里。没想到却偏偏就有那么例外的一次。赛洛玛台风一个上午,两个小时的骚扰,屋面上那一片片粗壮的文化瓦,竟开始稀里哗啦地又跑又跳。助纣为虐的雨，毫不客气地闯了进来，一切都没了保障。虽然遭殃的不只是我们这一家，但惨也就惨在这里。那么多的人家要修屋顶，泥水匠却还是固定的那几个。虽然他们可以起早摸黑地干活，却总还是不能成为三头六臂的人啊！等等吧！却把雨给等来了。稀里哗啦、滴滴答答，就像直接打在人的心板上似的。多触胆心惊的声音啊！叫人又怕又气又急又恨，午夜梦醒，没有电，一片黑漆漆的。拿着摇摇晃晃、忽明忽暗的蜡烛，只见东在滴水，西又湿了一大片。怎么办呢？长夜漫漫，天亮之后还不一定就有办法！那些日子，一串串的雨，就像一串串的子弹、一把把的尖刀，叫人又急又烦，真叫人痛恨啊！

从此，我对雨没了好感。有时是麻麻木木的：彼此各不相干。有时是烦烦厌厌的：又下雨，干什么来着？有时，更会有一股无法平息的恐惧感；可别再漏雨了啊！凝视窗外，依然是雨；只是人在变，我变了。而失去的东西不复再来。

阅读提示：本篇作者通过人生不同阶段对雨的不同态度和体验，表达了平凡生活中的甜酸苦辣。小时候喜雨——戏雨，作者把雨声、雨貌、雨趣通过一幅“群童戏雨图”描绘得活灵活现，如在眼前。长大结婚后喜雨——听雨，“下雨的声音多美”，“是最佳的催眠曲”。孩子来了之后对雨失去了好感——咒雨，多雨的天气，导致尿布湿漉漉的。而台风雨造成漏雨——恨雨。而全文收束在“凝视窗外，依然是雨；只是人在变，我变了。而失去的东西不复再来”，表达出作者对过往生活的无限怀念。本篇散文诗采用朗朗上口的短句子，呈现出浓浓的生活气息。朗诵时要注意短句的诵读技巧。

下辈子做个好男人

北 北

什么东西做久了都会生厌，所以这一辈子是女人，下一辈子就想尝尝做男人的滋味。

但是，我不做大愚若智的男人。明明胸无经纶腹无韬略，却因为碰巧捞到一顶乌纱帽，就兴奋莫名地做出伟大状，以为国家安危百姓冷暖全在手中操纵，整天粗着嗓门吆三喝四，说这个幼稚，嫌那个笨拙。一有机会坐到麦克风前，更是百倍良好的感觉，口沫四溅滔滔不绝地说着满口粗俗肤浅的“高论”。这样的男人，像极了忘乎所以的小公鸡，自以为雄视天下，其实却不堪一击。也许他可以得到一些虚与委蛇的笑脸，却永远也收获不了人们从骨子里生出的敬意。

我不做夸夸其谈的男人。总是把胸脯拍得啪啪响，宏伟的计划和远大抱负也说得惊天地泣鬼神，却没有足够的才智与毅力挥桨催舟，转瞬之间，就气短心虚，豪言壮语随风而逝，或者有些许辉煌，顿时不知天多高地多厚。肚里有两滴墨水就傲为旷世奇才，囊中三吊小钱就妄为一代天骄。这样的男人其实内心无比孱弱，他只能依赖不断地制造虚幻的美景来支撑自己。

我不做长不大的男人。外表人高马大，心理却发育不全，遇事犹豫不决浑浑噩噩，动辄六神无主惊慌失措。今日气壮山河，明朝萎靡不振，潮起潮落都因把握不定自己。这样的男人是精神侏儒，年岁徒增，性格却永远无法成长，永远都轻飘飘地撑不起一片暖色的天空。

我不做轻薄猥琐的男人。拈花惹草、驾轻就熟，廉价爱情处处挥洒。自诩魅力无边，更将张小姐、李女士的一腔情意披挂在身，炫耀几多红粉知己，垒筑几许英雄气概。这样的男人是无根的浮萍，荡来荡去招摇着浅薄与邪恶，一肚子气泡其实一捏就破。

我不做懦弱卑贱的男人。心里分明有万千欲望，却瞻前顾后诚惶诚恐。一句话怕说错，一步路怕踩空，点头哈腰成为行为习惯，唯唯诺诺成为表达方式。通身没有一根骨头，一阵轻风拂过，也会软下膝盖。这样的男人已写不出一个“人”字，实在空有一张雄性皮囊。

我不做贪得无厌的男人。张着大口狂吞滥咽，伸长黑手强取豪夺，既不知廉耻，也不顾王法，民脂民膏刮得四肢蟹行，蝇头小利也两眼发绿。这样的男人早已品格沦丧，灵魂也漆黑一团。

我不做凶暴残忍的男人。本也是血肉之躯，偏又将屠刀举向同类，五脏六腑都腐烂变质，早忘却上帝赋予他创造幸福守护太平的职责。这样的男人是一只畸形怪兽，连最后尊严也被自己用拳头砸碎。

是的，我不做不做这样的男人！

我要做青山似的男人，伟岸挺拔又秀丽多姿，朴素厚实又仙风道骨，恢宏大度又有棱有角，即使是沉默，也有磅礴的力量。

我要做江河似的男人，怀揣理想志在四方，关山重重谈笑飞越，千折百回初衷不改，冷嘲热讽依然坦荡从容。耐得住寂寞，抗得了风寒，心中有支嘹亮的歌直将两岸唱绿。

我要做云朵似的男人，有自由不羁的心灵和高贵儒雅的气质。与孤鹜齐飞，共秋水一色，存缤纷气象锦绣丘壑于胸，温柔时情深似海，庄严时威不可挡。

海明威说："冰山之所以壮丽，是因为它将三分之二藏在了海水下面。"我就要做这样的男人，含而不露，深不可测，巍峨壮观，坚如磐石。

阅读提示：本篇作者为女性，她以假设和想象开篇，旗帜鲜明地亮出"我不做"的男人模样，并以极具冲击力的句式，将七种她鄙视的男人一一晒出；接着，篇中用充满诗意的语言，将自己心中理想的男人一一描绘出来："我要做青山似的男人""我要做江河似的男人""我要做云朵似的男人"，三个排比句式亮出了好男人的标准：含而不露，深不可测，巍峨壮观，坚如磐石。排比句式的贯通全篇，形成一种势不可挡、不可争辩的气势，朗诵时要注意体会。

二　胡

高维生

最好是夜晚，万物舒缓地呼吸，一缕声音像山间轻吟浅唱的溪水……

二胡，是我喜爱的乐器，但我不会摆弄它，美好的东西，有时更多的是热爱和欣赏。

二胡不同于西洋乐器，需要一座美丽的建筑，在高雅的音乐大厅演奏。二胡属于大自然，就像琴箱上蒙的蟒皮和琴弓上的马的鬃毛。在山间，在溪畔，在蔓生野草的大地，悠长的曲调穿越时空。

我喜欢江南的二胡，琴声湿润，哀怨如泣。晃晃悠悠的水路穿街而过，小镇一分为二，一架拱形的石桥，像温暖的手，连接分离的街道。沿岸石砌的护围堤，风吹水蚀，青石生出了苔藓，随着年代的久远变得陈旧。岸上青瓦、白墙的房子，鱼鳞似的瓦片，在阳光下，像晒在沙滩上的大鱼。墙壁洞开的窗口，似乎终年敞着。历经沧桑的老人坐在桌前，慢慢地品茶，倾听，回忆。石板路被岁月中的脚步磨得光滑，纹理中储存时间的尘埃。有人一边走，一边拉着二胡。琴声诉说人间的悲欢离合，表达琴师的情感。忧伤的琴声，在水面泛起记忆的波纹，在这种背景下，一定有乌篷船，梦一般轻盈地滑动，船橹摇动，荡起水花，充满柔静的韵味。

印象中的二胡，少了浪漫的色彩。我少年时代，居住在大杂院，一家挨一家。从这个门出来，就又进了另一家的门，邻居之间相隔透风露气的木障子，几乎没秘密可言。我家的邻居姓马，他家墙上挂着的二胡，琴头是活灵活现的龙头，琴杆褪掉了色泽，两根纤细的弦亮锃锃的，轻轻地一弹，发出清脆的声音。二胡送走了许多夜晚，从那里我知道了常识性的知识，什么琴码，琴筒，松香，滑音，揉指。指尖上流淌出我一个个的梦想。至于先辈，用这种简单的乐器来表现人间的事情，我今天也不理解。我暗叹不已，他粗糙的手，抡起板斧劈烧柴，是那么的有力。拉起二胡，舒展，自由，二胡是他生命中的一部分，那时我还不理解，听不懂二胡。

电视里播放的独奏音乐会，不可能与大自然中的二胡相同。大自然中的二胡，有着露水的润泽，音色更纯，掠过苦艾的梢头，越过起伏的群山，它和风声、草香，丝丝缕缕地纠缠，人的思绪被它带走。

山区小镇的夜宁静，归林鸟儿躲进自己的窝，歇息歌唱了一天的嗓子，劳作的人们进入梦乡。

夜是梦开始的地方，开始的地方不一定有梦。

阅读提示：本篇选自2001年《散文天地》第4期。作者通过优美细腻的语言，描摹出二胡独有的神韵，表达了作者对二胡的喜爱之情。全篇赞美二胡作为民族乐器有植根于民间的淳朴，传递的是大自然的天籁之音。篇中运用对比手法，将二胡这种民族乐器与西洋乐器进行对比；又将独奏音乐会中的二胡与自然中的二胡进行对比，从而表现了二胡自然、质朴和穿越时空的功能。而准确形象的比喻，又将读者引入绵长悠远的情境之中，通篇文字情境结合，情景交融，意境深远，令人读来余味无穷。朗诵时要注意体会作者对二胡的喜爱之情，要做到深情朗诵。

梦巴黎(节选)

张清华

在遥远东方的屋檐下不难找到这样的牌匾:梦巴黎。一点也不夸张,在任何一个城市,都可以找到一家,甚至很多家以此为名字的时装店、咖啡馆……从上个世纪三十年代的海上繁华梦,到如今变得面目全非的乡间小镇,这块牌子被花花绿绿的霓虹灯管装裹着,闪烁在充满着富贵与浪漫之梦的东方之夜里。

可见巴黎不是一座城市,而是一个梦。

有太多的东西可供想象:诗歌和玫瑰,骑士和爱情,灯红酒绿的海洋,富有的黄金之都,流浪者与冒险家的乐园。一切的一切,伟大的和渺小的,圣洁的和龌龊的,富丽辉煌和神秘传奇的,会聚在一起,它们变成了一个梦,一种充满了蛊惑意味的气息弥漫在地球的各个角落里。

理解巴黎是从想象开始的,而这想象似乎很难和巴黎这座城市有直接的关系,巴黎是一种理念,一种永恒的关于时尚、艺术、精神和生活的先入之见,它就建筑在纸上,坐落在传说里。你听见哗哗作响的马车铃声,那是十九世纪的巴黎你听见美妙华丽的音乐,那是莫扎特的巴黎;你听见隆隆响过的炮声,那是拿破仑·波拿巴的巴黎。

因此小偷和冒险家们来到这里，流浪汉和乞丐们来到这里，拉斯蒂涅、玛格丽特、卡西莫多和艾丝梅拉达们来到这里，没有他们就没有巴黎。就像塞纳河上曾经漂浮的垃圾、污秽一样，这座城市必须要汇聚它所应有的一切美丽和丑陋，卑俗与浪漫，肮脏与高洁，一切的传奇和艺术。因此巴尔扎克和雨果来到这里，就连希特勒也来到这里。他不可一世地站在埃菲尔铁塔下检阅他的占领了巴黎的军队时，那副得意神情，也好像是圆了一个乡下佬的梦……

一条河给一个城市滋养了梦幻的色彩，塞纳河的波光使它成为了一个梦。巴黎，静静地躺在塞纳河的波光里。河上的一切光与影，都被它摇漾成金子和宝石，然后又折射到游人的梦里，开成绚烂的词语，无言的叹息。

每一座城市是被一条河养大的，在这个意义上，河是城市的母亲。但世界上没有哪一座城市和河流的关系，是如此地紧密到不可分的程度。她不但创造了他，还使他具有了灵魂，灵气；而他，则反过来把她打扮得如此华贵富丽，使她如此精致妖娆、名声显赫。这是不可思议的一种互相创造的关系，因为这样的创造和激发，使他们彼此拥有了如此充沛的激情和不衰的活力，拥有了无所不在的自由意志。

老旧的房屋和年轻的精神，这也是巴黎能够成为一个梦的原因。没有年轻就不会有梦的躯体，没有老旧就没有梦的温床和氛围。某种意义上，是外省的青年们给巴黎带来了不竭的欲望和生命力。就像塞纳河水从远方流来，再向远方流去，是他们创造了巴黎，使它不断地老去，又再一次焕发生机。就像于连和拉斯蒂涅，他们的成功和失败，也早已成为巴黎的一部分。

从埃菲尔铁塔上看巴黎，那些站在远郊的高楼，就像是一些刚从外省赶来，排着队想挤进巴黎但又不得的粗俗汉子，显得那么莽撞和没有教养。它们在优雅和贵族的巴黎面前没有任何的优势——要知道，这种优势在世界上几乎任何一个地方，都有着无可争议的权威和不可抗拒的力量。可这是巴黎，在巴黎的高傲和不可思议的风姿面前，它们是一些猥琐的求婚者，无法不显得寒伧和局促。

巴黎给了世界以多大的影响？没人能知道，更无法计算出来。但我知道人们关于现代城市的生活与文化的想象，差不多都是来源于它的蓝本。伦敦、柏林、罗马，甚至纽约，都没有能够像它那样，成为一个“梦”。显然巴黎是有它特殊的东西，是什么呢？我说不清。

阅读提示：本篇作者通过对巴黎的总体描述，表达出巴黎是想象的会聚，充满了神秘而传奇的气息；赞美巴黎既古老又年轻，拥有不竭的创造欲望和生命力。作者开篇写巴黎，却从“东方之夜”写起，意在表现巴黎对世界的影响，突出东方之夜的梦幻色彩，为后文“梦巴黎”做铺垫。在作者看来，各种各样地位卑微的人，他们的故事也是巴黎传奇不可或缺的一部分。而各种各样的现代建筑在优雅而高贵的巴黎面前格格不入的现实。那么，“梦巴黎”是什么呢？作者认为巴黎是现代城市的蓝本，更应该有丰厚的文化艺术底蕴；要注意自然条件和城市的有机融合；要有包容的胸襟，给不同层次的人提供创造的平台；要注意城市建筑的整体风格。朗诵时要注意作者夹叙夹议的写法，议论与抒情要注意用不同语调表达。

花 事

潘向黎

三月里，不记得是哪一天了，到花园一看，母亲种的贴梗海棠开了。白色的，很柔，花瓣圆圆的，很润，是江南娇小女儿态，居然冲寒而来，让人心头一热。连续两个月反反复复的病好像好了起来。

三月底，樱花开了。特地去复旦南区看，原先最大的一株，不知道为什么少了很粗的一枝，不知道是台风刮断了，还是砍掉的。这一来就不成气势了，一瞬间的失望几乎变成气愤。真是不如不来，不来的话，这里的樱花在记忆中照旧浮一片云霞。

可是若是不来，待到花期过了，肯定以为是人辜负了花。谁知却是花辜负人。可是那么美妙，那么短暂，比起辜负来，还是宁可被辜负吧。

四月中旬。竟不知道自己住的小区里有樱花。就在后面一个自行车棚前面，有三大棵，是日本晚樱，似乎又叫八重樱的，一棵白色，两棵粉色。想必是自己也知道是迟了，于是格外盛大地开了，在花下仰了头看，一层花上面还是一层花，竟是花天。让人薄醉的明媚梦境，难怪“花天”是和“酒地”连在一起。

（上一次这样仰看樱花，是几年前在扬州的徐园，就在院子门内一侧，牡丹正开，盛大无比，色泽灼人，上面居然一棵樱花，密密盖住了天，这种搭配在别处从未见过，给人的感觉足够奇异，简直有几分妖魅。人坐在中间的石凳上，眼睛被花光照得晕眩，只好闭上，还觉花气填满了肺腑。人生到此，还有什么愿望？大概只有一个：希望这个梦不要醒来。）

但是樱花还是谢了，最初几瓣飘落，就让人担心风雨。但是风雨该来的时候还是来了，于是樱花雪一阵比一阵密。一夜风雨之后，出门时倒吸一口气，台阶下，堆了一堆的粉色花瓣。

本来想改后主词一个字，叹一句：阶前落樱如雪乱，拂了一身还满。

正好我白发苍苍的母亲走过樱花树，抬头说："不要这样嘛。"我就觉得不必说了。

今年天暖得疯疯癫癫，花期都乱了，还没到谷雨，牡丹都开过了。好不容易到了植物园，人家告诉我，牡丹都谢了。心想，只要还有三四朵，让我看看，也算没白来这一趟。到了一看，十停里谢了七八停，开着的那些也是萎靡。

站在这样的园中，才明白什么叫大势已去。

牡丹是热闹到不避杂乱的花，红的，粉的，紫的，白的，黄的，还有一种接近黑色的紫绛。花前的小牌子都写了品种名，无心看。没有花，秃秃地光知道名称做什么用？若有花时，更不需要了，它本身就是最好的说明。

这有点像爱情，爱着的时候不需要任何概念和定义，不爱了，多少种界定和解释都不能挽救。

那么，地上的花瓣是没有结果的爱情，而那些没有花只剩名称的植株，是无爱的婚姻。

春天是一年中最让人心烦的季节。伤感细密而粘稠，有时让人觉得自己脆弱到可耻。

春暖花开？不，春天是花谢的季节。你不会在别的季节里，看到这么多的花凋谢。

许多花争先恐后地开了，然后谢去，一场场花事是一个个陷阱，等着我们的心情陷进去，防不胜防。

对人，为了躲避散时惆怅，你可以不聚，可是对花，你能怎么样？那花该开时就开了，你不能不看，不能不爱，那花该谢时就谢了，丢下你狼藉满地的心情。

花谢花飞飞满天，红销香断有谁怜。谁不怜？可是怜又能怎么样呢？

为了想躲过心痛，其实不要花开。但是春天一到，偏偏花开，偏偏花谢。

五月六日，立夏。

昨天半夜，或者说今天的凌晨，起风了，然后打起了雷，怪不得昨天开始头疼。雨下下来了，头渐渐不疼了。起来出门，看到第十宿舍围墙外的地上，一片雪白的细碎落花。那几棵绣球不落则已，一落就到了这步天地。走近了看，五瓣五瓣的，依然精细着，像满地的小篆，曲曲折折的心事无人能懂。比起“立夏”这个抽象的节气，这满地的雪白小篆，更加让人彻悟，春天过去了。

过去也就过去吧。一千个春天都凋零了，一万场悲喜都凋零了，多少代看花人都成了别人的追忆。

阅读提示：本篇散文诗作者通过对春天花事的描述，委婉含蓄地表达了作者对春天逝去的淡淡伤感；然而，篇中没有消极情绪，有的是作者对世间万物的旷达之情。全篇运用比喻、拟人和对比等手法，揭示时光必然流逝、好景不会常在的道理，寄寓了对于人间那些无可挽留的美好事物，应该坦然待之。朗诵时注意体会作者的旷达情怀。

春日三幅

李少君

这些年，关于春季的印象，脑子里逐渐形成三幅图画了。

第一幅是春季回老家上山祭祖。阳光灿烂之日，全家老小，携鞭炮上山。小孩在前面蹦蹦跳跳，大人在后面神色凝重，一行人在深草丛中探路，往上缓缓而行。山上寒风凛冽，但由于登山颇费脚劲，背后还不时冒汗。寻到祖宗坟墓，先放鞭炮，爆竹声中，从年长者开始，依次一一拜倒。轮到自己拜完后，才放眼看看山下。湖南多丘陵，四围都是妩媚青山，村落在远处，墓碑在眼前，最初的悲欣交集逐渐平静下来，恰如一阵春风吹过，感觉非常清明。

第二幅是春游，开车沿着海南岛的东线旧公路缓慢行驰。公路两旁，由于车辆较少，树木逐渐日益茂盛，郁郁葱葱，野草也疯长，密密麻麻。一片林子接着一片林子，不见人影。随意往一个小岔路口一拐，不多远，就看到一个掩映于密林深处的村庄。先是一两幢孤零零的农家房屋，然后，房屋人影渐多。村口最先迎上来的是怡然自得的小鸡，悠然迈步的鸭，或沉默似金的水牛。村口还有修得很讲究的井。井很深，深不见底，水清冽爽口。捧一把洗脸，让人神清气爽，觉得真的很像家乡冰雪融化的春水。旧公路两旁还有很多绝美之处。有时正好赶上春雨，淅淅沥沥突然而来，就躲到路边的庙里，这里庙很多，而且一般都建得不错，是海外乡亲捐建的。供养的，是本土的土地公。躲在庙里，听天上春雷响过，真的有某种东西似乎突然苏醒，某种新鲜的东西一点一点地萌发。所以，旧公路我百去不厌，并且还写过一句诗：旧公路就是一种风景。

第三幅是去海口的万绿园放风筝。万绿园临近海边，是一片草地，草地上还有非常奇特的树木。万绿园非常开阔，春季风很大，很适合放风筝。多年未放风筝，已很生疏。先看别人是怎么放的。抬头看天，天上飘着五颜六色的各式风筝，彩带飘飘，心情就自然地舒畅、愉悦起来。于是自己将风筝抛出，一阵风吹来，很快地就迎风展翅，扶摇而上，赶紧松线，不一会工夫，风筝已飞上中天。风筝好像有自己的生命一样，这时就自顾自地在天空中飘扬开来了。我的心也随着风筝在天空中舒展开来，放飞开来了。看着风筝越飞越高，想起以前看过的一句诗"上升的鸟减轻了我们灵魂的负担"，觉得用来形容风筝也非常恰当。我看到草地上欢天喜地、大呼小叫、跑来跑去的孩子们，再看看蓝天下飘扬的如孩子们般活泼自由的风筝，觉得心中的积郁一下子踪影全无。

阅读提示：本篇散文诗选自2004年2月24日《文汇报》。诗人截取三幅春天的图画，表达了关于春天的印象。这三幅图画均以"春日"为背景，分别推出三个主题："回老家祭祖"——印象是"小孩在前面蹦蹦跳跳，大人在后面神色凝重"。"海南岛东线春游"——坚信"旧公路就是一种风景"。"万绿园放风筝"——发现"风筝好像有自己的生命"。这春日里的三幅图画都极富画面感与抒情性，意蕴丰富，语言精练。随着三个主题的展开，种种现实中的自然景观依次映入读者的眼帘，进入读者的脑海，激发读者对春天的热爱。朗诵时要注意体会诗人娓娓道来的行文风格。

且将丽日寄心间

刘兴华

二十五年前那个炎炎夏日，我们带着遗憾和惆怅、怀着希望和梦想，身背行囊、肩扛书箱，离开曾经度过一千四百多个日日夜夜的北京师范大学校园，从此踏上既充满艰辛和曲折，也拥有收获和喜悦的人生旅途。今天，我再次站在母校门前，当年许许多多的事物已经发生巨大变化，但是那些本质规律并没有改变。

现在的北京城，她变得更大了，马路变得更宽了，南来北往的汽车变得更多了。当然，隔三岔五的雾霾也让人难以忍受了。然而，每天按时东升的太阳并没有改变，每月十五的月亮还是那么圆，每年的三百六十五天它们没有增也没有减。对此，我感到庆幸和坦然。

现在的我和同窗学友们，华发已生，眼睛开始老花了，骨质开始疏松了。当然，曾经在球场上腾挪闪跃的身手也比不上当年矫健了。然而，我们共同经历的往事没有改变，那个年代的深刻烙印没有改变，彼此之间的情谊更没有改变。对此，我感到庆幸和坦然。

现在的北师大校园，楼房变高变密了，师生人数增加了，运动场地建设得更加漂亮了。当然，道路两旁那一排排高大的白杨树似乎也减少了。然而，莘莘学子依然朝气蓬勃，刘和珍纪念碑依旧傲然挺立，母校的精神气质并没有改变。对此，我感到庆幸和坦然。

现在我们所处的社会，物质财富增加了，获取信息的渠道多元了，整体运行速度似乎明显加快了。当然，许多令人匪夷所思的新问题新矛盾也层出不穷，许多令人眼花缭乱的新知识新事物更是不断涌现。然而，在几经变迁的母校图书馆，书架上摆放的《老子》和《论语》没有变，《理想国》和《爱弥儿》没有变，《自然哲学的数学原理》和《相对论》没有变，《国富论》和《资本论》没有变，《金刚经》《圣经》《古兰经》它们也都没有变。“寂兮寥兮，独立而不改，周行而不殆。”万事万物依然在按照经典著作揭示的规律运行演进。对此，我感到庆幸和坦然。

二十五年时光流逝，二十五年斗转星移，这在浩瀚无垠的历史谱系中短暂得几乎可以忽略不计。然而对于一个人来说，从青年到中年的这二十五个春秋轮回，却足以让他的精神世界发生巨大改变：曾经认为无比重要的事情，如今觉得无足轻重了；曾经认为过不去的火焰山，现在变成可以“迈步从头越”的小沟小坎；曾经痛苦纠结的创伤，如今已经钙化为珍贵的精神财富；曾经为之悉心追求的目标，现在已经看得非常淡然。不是我们改变了世界，而是世界改变了我们；不是我们获得了时间和空间，而是时间和空间雕刻了我们。时空转换、世事变迁，让我们在苍茫的现实中触摸到了事物的本质和规律，让我们穿越历史上的层层迷雾，发现了更加辽阔的原野、更加壮美的峰峦，还有那更加高远的天空、更加璀璨的星汉！

君不见，多少绝代风华、繁盛显赫，都被时间的长河打磨成粒粒细沙；多少奇珍异宝、楼阁亭台，都在浩渺的宇宙中幻化为点点尘埃。然而，对于有幸来到人世间的每个生命个体来说，即便明知“人有悲欢离合，月有阴晴圆缺，此事古难全”，也不应该将这些现象作为无所事事、不思进取的理由，更不应该将某些规律作为醉生梦死、放浪形骸的借口。对于那些不变的规律，我们要保持尊重、敬畏以及理性的怀疑；对于那些正在变化的事物，我们要做到包容、达观，当然有时候也要保持必要和适当的距离。“不畏浮云遮望眼”，且将丽日寄心间。

二十五年前的毕业典礼上，我领到那本红色封皮的北京师范大学毕业证书，无论怎么看，它都朴素得很不起眼。当天把毕业证塞进书箱的时候，我远远没有四年前收到录取通知书时那样激动和兴奋，反而觉得一切都是自然而然。夏雨秋风、冬去春来，伴随着不断增加的人生阅历，我才真正认识到，那天从校长手中接过大学毕业证书，其实是自己与母校有了一个郑重约定，是在老师们充满期待和信任的目光中领到一份用自己毕生精力来认真完成的作业。真正完成好这份作业，需要感恩和勇气，需要知识和智慧，需要判断和定力，需要勤勉和进取。

今年我已经虚岁五十了。“五十而知天命”，我理解，这不是一句消极的话，而是“有涯”与“无涯”之间的认知，是“有用”与“无用”之间的体悟，是“有为”与“无为”之间的释然。今天我愿借用孔夫子这句话，与传承数千年的木铎金声相校准，以此确定自己思想和行为的一个新起点。

阅读提示：本篇散文诗选自2016年9月19日《文汇报》“笔会”。这篇佳作写在作者大学毕业二十五周年之际。当他再次站在母校门前，回首过往，浮想联翩；回望校园，精神倍添；人生往前，常有“变与不变”；虽华发早生，但意志弥坚。作者体悟在无法回返的人生征途中，“对于那些不变的规律，我们要保持尊重、敬畏以及理性的怀疑；对于那些正在变化的事物，我们要做到包容、达观……”。全诗形象地表达了流逝的是岁月，不变的是精神的人生感悟，读后带给读者的是强烈的情感感染和心灵共鸣。全篇文字用词雅正，简洁，朴素，如导师传道，娓娓道来；似朋友谈心，情真意切。篇中排比、回环等手法的运用，增添了诗文的韵律感，有一唱三叹之效。朗读时要仔细体会其中的哲理，注意重点词句的重音、停顿和韵律。

美丽如初

刘　璇

月色皎洁，一如闪亮的白绸，宁静而安详地弥漫。

我握着母亲的手站在街口，等放晚学的弟弟归家。并不冷，然而街静人空。我等得焦急不耐，母亲却等得耐心又耐心，遥望着那条很宽很白的路，母亲说："一直这样等，惯了。"我的心怦然一动，目光在母亲单薄的身影里模糊了。

我也曾让母亲这样地等待过，并不是小的时候，女儿大了，反而更让母亲牵挂。那些个月朗星稀的夜晚，和学友们一路高歌神侃地回家，一个人转进僻静的街口，却望见母亲的衣衫和着树影飘动，一样的斑驳迷离，心忽地跳快了，跑过去，却只叫了一声"妈！"母亲也不说什么，很欣慰地笑着，拍拍我的手，一起走回家去。

而今我去了异地，只在假期里归来，母亲的身影却依然准时地站在街口树下，等待不久也要离家求学的弟弟。我忽然很羡慕母亲，可以把那么深沉的爱包容在静静的等待中。

清脆的铃声响过来，弟笑嘻嘻立在我和母亲面前："妈！姐！""怎么才回来，让妈等那么久？"我半是欢喜半是埋怨。"回家吧！"母亲还是那么欣慰地笑着，拍拍弟的手。弟回头冲我做个鬼脸。看弟高大的身影在母亲的身边，我忽然觉得失去了什么，起航的船只能留恋温暖的港湾，却不能永远停泊。

返校之前，母亲安静地替我整理行囊，见我跟着她走来走去，却不开口，母亲说："从前你外婆也是这样送我走。"啊，我默默地望着母亲，仿佛看见外婆的双手在忙碌。我忽然明白了，从前外婆一定也曾站在街口，等母亲回家，就像母亲今天等我们回家一样，而我也会有那么一天，让深深的爱溶在等待中。

眼前晃动着月光里母亲静立的身影，才知道不论经过什么，我记忆中的那些夜晚永远美丽如初。

阅读提示：本篇散文诗选取母亲与我一同在路口等待"放晚学的弟弟归家"的情景，对深沉的母爱和中华民族的传统美德表达了由衷的礼赞。全篇选材精巧，气氛的渲染特别突出。如开篇"月色皎洁，一如闪亮的白绸，宁静而安详地弥漫"，以美丽的景物衬托了人物的心灵之美。接着文中一再出现这样的情境描写，这为全篇营造出美丽的母爱氛围。另外，对比手法的运用，更显其母爱的伟大。如"我等得焦急不耐，母亲却等得耐心又耐心"。母亲对儿女的关怀不只是小的时候，就是儿女们大了也一样。还有，母亲的母亲"也曾站在街口，等母亲回家，就像母亲今天等我们回家一样，而我也会有那么一天，让深深的爱溶在等待中"。这种关怀代代相传，这正是中华民族的传统美德。朗诵时要体会母爱的深沉，读出母爱的亲切来。

卢沟桥小记

高　昌

永定河上的卢沟桥,已经有八百多年的历史了。名气很大。

今日去卢沟桥畔,还能够找到一座碑,是清乾隆皇帝的御笔,写着“卢沟晓月”四个大字。“卢沟晓月”,是“燕京八景”之一,也非常非常著名。据说凌晨时分,在这座桥上凭栏远眺那杨柳岸晓风残月,分外迷人。而这桥上的著名的石狮子,更是声名大振——两旁那二百八十一根汉白玉栏杆,每根柱头上都有雕工精巧、神态各异的石狮或静卧,或嬉戏,或张牙,或舞爪,更有数量巨大的小狮子隐现其间。

不过,真正使卢沟桥出大名的,不是这浪漫的晓月和精美的石狮,不是那些闲情逸致和名人古迹,而是那场血腥的难忘的抗日战争。提起卢沟桥,再缠绵再优美的情思,也会自然而然地与那些刀光剑影联系到一起。

现在,这桥疲倦了。两侧石雕护栏有的已经因为风雨侵蚀而虚弱到只要用手一碰,便会簌簌掉渣的程度。除了行人,已不允许在上面走车马了。但仍不时有人赶过来,怀着激动的心情来看望它。也许,这其中并不是所有的人都是为了凭吊那历史的伤口,然而,那历史的伤口毕竟已经融入了我们民族的集体情感,即使愈合了,那伤痕依然还在。永记住那段刻骨铭心的疼痛,记住那惊心动魄的冷峻和凛冽,也记住那不屈不挠的厚重与坚毅。多么结实的桥也有苍老和颓唐的时候,但是我相信,这古老而伟大的民族的脊梁,是永远也不会颓唐和苍老的。人们走在卢沟桥的桥面上,如同走入了中国现代史的一页滚烫的篇章。那是浴火浴血的悲壮和烽火硝烟的苍凉,那是抡着大刀向鬼子们的头上砍去的历史画卷啊……这里的血腥太多,愤怒太多,仇恨太多,苦涩太多。那些历史的"陈帐",是不能够用一支轻巧的鹅毛笔就可一笔勾销的。但,卢沟桥留给我们的民族记忆,我想,不应该只有满腔的仇恨,更应该有满腔的热血和豪情。那段历史是民族的屈辱,也是对我们这个民族的激励和鞭策。

这座桥不同于江南那些秀美的小桥,它就像那些粗线条的北方大汉一样,站在凛冽的寒风中,简单而又真实,大气而又凝重。说心里话,跟许多优美的风景胜地相比,这里的风景其实是很普通的,但是到这里来,心头就丛生着蓬勃的火焰,耳边就飞扬着带血的呐喊。看着这些已有些沧桑的石狮子,我仿佛看到一个民族的已经苏醒了的伟大灵魂。我仿佛听到这些醒狮一齐开口,悲声吟唱着那首著名的《义勇军进行曲》,我用手抚摸着它那些狮子,耳边回荡着那久远的吼声:起来,不愿做奴隶的人们,用我们的血肉,筑成我们新的长城……凭栏而立,怒发冲冠,天空中滚动起激扬而高亢的春雷!

阅读提示:本篇散文诗开头简单铺陈描叙了卢沟晓月的景致和卢沟桥的狮子形态,进而笔锋一转,追述卢沟桥事变给我们的国家和民族带来的历史沉痛,抒发了真挚而深沉的爱国之情。谋篇布局上由景到情,由叙到议,结构分明,层层递进,前后贯通,浑融流转,起承转合得非常自然。这篇散文诗在语言表达上巧妙运用比喻、拟人、对比、反衬等修辞手法，调动多种语言手段，生动地营造出了一个悲壮慷慨的感情空间和鲜活明畅的意境氛围。朗诵时要注意前后文的情感变化，把握好节奏的疾徐快慢和声调的抑扬顿挫。

打着腰鼓唱着歌的春姑娘

张菱儿

春姑娘乘着春风来到了大地上，早有黄色的迎春花儿站在路旁等候着，她们一见到春姑娘，立刻扭动着柔软的腰肢，脸上露出了迷人的笑容，她们齐声说道："欢迎你呀，漂亮的春姑娘！"

春姑娘点点头，俯下身亲吻了一下迎春花的额头，顿时，迎春花裂开了嘴巴，她脸上的笑容变得更加灿烂了。

"轰隆隆——轰隆隆——太阳出来暖洋洋，小动物们快起床！"春姑娘敲响腰鼓，叫醒了狗熊、蛇、青蛙等冬眠的小动物，他们睁开眼睛，伸一个长长的懒腰，纷纷走出了家门去晒太阳。暖融融的春光洒在身上，小动物们开心地玩起捉迷藏。

"轰隆隆——轰隆隆——太阳出来暖洋洋，小植物们快梳妆！"春姑娘的腰鼓继续响，她是告诉沉睡的植物们："淅淅沥沥的春雨啊，正走在半路上。"小植物们睁开眼睛，伸一个长长的懒腰，探出嫩嫩的小脑袋，去感受温暖的阳光。他们在春风中轻轻摇晃着枝条，跳起优美的舞蹈。

燕子妹妹也高兴地飞来帮忙，她挥舞着金色的剪刀，喳喳叫着，呼唤着同伴们飞过高山，飞过小河，一路上不停地剪啊剪，剪出细细的柳叶，剪出嫩绿的草芽，剪出红的、粉的、白的花儿一朵朵，手酸了累了也舍不得停下来歇一歇。

“轰隆隆——轰隆隆——太阳出来暖洋洋……”春姑娘打着腰鼓唱着歌，从江南走到江北，她走到哪里，哪里就是一片生机勃勃的景象：蜜蜂飞，蝴蝶舞，小鸟叫喳喳，花儿竞相开放，吐出阵阵的芳香……

春姑娘乘着清风，打着腰鼓唱着歌。冰雪融化，小河“哗哗”地咧着嘴巴笑，大山笑绿了眉毛笑绿了腰，大地上到处都飘荡着春天暖洋洋的味道。

阅读提示：本篇散文诗原刊载于2018年5月北京教育出版社出版的《小学生语文阅读阶梯训练(3年级版)》。诗人通过丰富的想象，把春天比喻成一个热情的姑娘，把春雷比喻成春姑娘的腰鼓，然后用一系列的排比，“轰隆隆”地依次叫醒小动物、植物和山川河流，大地上这才有了“蜜蜂飞，蝴蝶舞，小鸟叫喳喳，花儿竞相开放”的热闹景象。这首散文诗构思巧妙，情节别致，语言形象、生动，富有节奏感。朗诵时要仔细体会作者对春天的热爱之情，以喜悦的心情朗诵。

沉默的砖头

周庆荣

会有这么一天的。

一块一块的砖头，在建筑的下面，它们来决定一切。

苔迹，不只是岁月的陈旧。

蚂蚁，或别的虫豸，访问着这些沉默的砖，它们或许爬出一个高度，它们没有意识到墙也是高度。

有一天，这些砖头会决定建筑的形状。

富丽堂皇的宫殿或不起眼的茅舍，这些砖头说了算。

上层建筑是怎样的重量？

沉默的砖头，寂寞地负重。它们是一根又一根坚硬的骨头。

它们就是不说话，更不说过头的话。

它们踏踏实实地过着日子，一块砖挨着另一块砖，它们不抒情，它们讲逻辑。

风撞着墙，砖无言。风声吹久了，便像是历史的声音。

二〇一〇年十月十四日　凌晨

数字中国史

周庆荣

五千年,二千年的传说,三千年的纪实。

一万茬庄稼,养活过多少人和牲畜?

鸡啼鸣在一千八百零二万五千个黎明,犬对什么人狂吠过二万个季节?

一千年的战争为了分开,一千年的战争再为了统一。一千年里似分又似合,二千年勉强的庙宇下,不同的旗帜挥舞,各自念经。就算一千年严丝合缝,也被黑夜占用五百。那五百年的光明的白昼,未被记载的阴雨天伤害了多少人的心?

五百年完整的黑夜,封存多少谜一样的档案?多少英雄埋在地下,岁月为他们竖碑多少,竖在何处?阳光透过云层,有多少碑在九百六十万平方公里之外?

我还想统计的是,五千年里,多少岁月留给梦想?多少时光属于公平正义与幸福?

能确定的数字:忍耐有五千年,生活有五千年,伟大和卑鄙有五千年,希望也有五千年。

爱,五千年,恨,五千年。对土地的情不自禁有五千年,暴力和苦难以及小人得志，我不再计算。人心，超越五千年。

二〇一三年五月十六日　凌晨

阅读提示：散文诗《沉默的砖头》借“砖头”这个常见的意象言说人与自然的关系，言说个体与集体的关系，表达了当下与历史的关系，也表达了普通劳动者的生存观和价值观。“它们踏踏实实地过着日子，一块砖挨着另一块砖，它们不抒情，它们讲逻辑。”全诗运用比喻手法，以“沉默的砖头”和“墙”取喻，对普通劳动者默默奉献精神给予深沉的赞颂。在《数字中国史》里，诗人激活了被数字抽象的历史，感叹中华五千年光荣与梦想同在，爱与恨交织。诗人抛出一个又一个数字，看似提问，实是启发，是激活，他提示我们：文中的每一组数字，都是不可忽略的过去。诗人在追问：历史常有惊人的相似，我们作为后人，如何避开不幸，走向幸福？简约的笔法、排比的句法是本篇散文诗的特点。朗诵《沉默的砖头》和《数字中国史》时，读者要注意运用舒缓、深沉的语调进行朗诵，以契合作者深情回望岁月，从容抒发情怀的写作特点。